Heinrich Laube

Franz Grillparzers Lebensgeschichte von Heinrich Laube

Mit dem Porträt des Dichters im Stahlstich

Heinrich Laube

Franz Grillparzers Lebensgeschichte von Heinrich Laube
Mit dem Porträt des Dichters im Stahlstich

ISBN/EAN: 9783742898357

Hergestellt in Europa, USA, Kanada, Australien, Japan

Cover: Foto ©Raphael Reischuk / pixelio.de

Manufactured and distributed by brebook publishing software
(www.brebook.com)

Heinrich Laube

Franz Grillparzers Lebensgeschichte von Heinrich Laube

Franz Grillparzers

Lebensgeschichte

von

Heinrich Laube.

Mit dem Porträt des Dichters in Stahlstich.

Stuttgart.

Verlag der J. G. Cotta'schen Buchhandlung.

1884.

Druck von Gebrüder Kröner in Stuttgart.

Unser Dichter Franz Grillparzer erzählt in seiner Selbst=
biographie, welche in der Gesamtausgabe seiner Werke ent=
halten ist, sein Leben bis zum Jahre 1836. Es könnte also
eine neue Lebensbeschreibung überflüssig erscheinen.

Das ist sie aber doch wohl nicht. Es kann ja wün=
schenswert sein, nicht den Dichter allein über sein Leben zu
vernehmen, sondern auch andere, um neue Gesichtspunkte zu
gewinnen, und der Dichter kann mancherlei übergangen haben,
was außer dem Wege lag, den er eingeschlagen.

Und so ist es. Grillparzer hat sich in seiner Erzählung
durchaus nicht ausbreiten, sondern er hat nur das darstellen
wollen, was ihn vorzugsweise interessierte. Wenn er schrieb,
so schrieb er immer rasch, ein künstlerisches Ziel vor Augen,
und ließ rechts und links Wichtiges liegen, was nicht streng
notwendig schien für den Inhalt der gewählten Form.

Außerdem hat er ja sein Leben nur bis zum Jahre 1836
geschrieben, er hat aber von da noch 35 Jahre gelebt. Einer
neuen Lebensbeschreibung ist also noch manches übrig geblieben.

Für eine ausführliche Lebensbeschreibung Grillparzers ist
ein reichliches Material vorhanden. Ein Cousin von ihm,
der Senatspräsident Freiherr von Rizy, hat es von frühauf
gesammelt. Seine Mutter war eine Schwester der Mutter
Grillparzers, und als der Jüngere ist er gleichsam wie ein
Aehrenleser hinter dem erntenden Vetter Franz einhergeschritten,
alles aufhebend und bergend, was niederfiel. Und alles das
hat Baron Rizy sorgfältig aufgezeichnet und bei seinem Tode

getreulich hinterlassen. Er starb zehn Jahre nach Grillparzer. Nicht den kleinsten Vorfall im Leben Grillparzers hat er unbeachtet gelassen; aus einer großen Kiste, welche weggeworfene Zettel Grillparzers enthielt, hat er wertvolle Notizen gesammelt, und nicht ein Wort ist in irgend einem Blatte, in irgend einem Buche über Grillparzer gesagt worden, das er nicht aufgeschrieben hätte. Nun war er aber ein Mann von reicher Bildung, von wissenschaftlicher wie künstlerischer Bildung, er war also wohlgeeignet, seine Sammlung geistig zusammen zu halten und zu ordnen.

Außer ihm ist noch ein anderer persönlicher Freund Grillparzers mit derselben Aufmerksamkeit neben dem Dichter einhergegangen und hat alles mitgeteilt, was er erfahren. Dies ist der Medizinalrat Dr. Preyß, welcher noch lebt. Grillparzer pflegte ihn seinen Leibarzt zu nennen und hatte ein unbedingtes Vertrauen zu ihm. Preyß war außerdem Arzt und Hausfreund der Schwestern Fröhlich, in deren intimem Verkehre Grillparzer die zweite Hälfte seines Lebens zubrachte, und in deren Kreise war wohl alles offenbar aus des Dichters Leben, was er nicht selbst verborgen halten wollte.. Und auch das blieb nicht verborgen vor drei gescheiten Frauenzimmern. Preyß also, der ihr Vertrauen genoß, war und ist ein reicher Quell für Grillparzers Lebensgeschichte. Er aber hat mich bei immer noch fraglichen Punkten unterrichtet.

Mit den Hilfsmitteln dieser beiden Männer ausgerüstet, erzähle ich in folgendem das Leben Grillparzers, wohl wissend, daß auch hiermit kein Abschluß über die Charakteristik des Dichters erreicht werden kann. Einen solchen gewährt ja nur die Nachwelt, welche Spreu von Weizen gesondert vorfinden wird.

Inhalt.

Achtes Buch.

Neuntes Buch.

Unser Dichter F r a n z G r i l l p a r z e r wurde am 15. Ja=
nuar 1791 in Wien geboren. Man hat sich viel damit abgegeben, den Namen Grill=
parzer zu erklären, weil Lord Byron ihn besonders rauh
gefunden und dazu gesagt hatte, er würde doch gelernt werden
müssen, weil er einen großen Dichter bezeichne. Eine Nach=
weisung geht dahin, daß einige Meilen entfernt von Wels
in Oberösterreich eine Häusergruppe die Benennung geführt
„zum Grillparz". Parz sei Abkürzung von Parzelle. Dem=
nach wäre es ja nur ein Beiname für einen „Grill", und
dieser müßte also seinen Namen verlängert haben. — Im
alten Wiener Gerichtsbuche, Teil II, Seite 154 findet man
einen Weingarten zu Pellendorf „an dem Grillparz". Da
ist also die Familie Grillparzer als eine niederösterreichische
aus der Umgegend von Wien im 15. Jahrhundert nachge=
wiesen, und der Dichter stammt hier wie dort von Bauern ab.

Bemerkenswert ist es, daß Grillparzer selbst seinem
Namen immer feindlich gesinnt war. Besonders gedruckt war
er ihm widerwärtig. Der Zufall brachte es mit sich, daß
sein wichtigster Freund, der Sekretär des Burgtheaters,
Schrehvogel hieß, also noch einen auffallenderen Namen
hatte. Dieser verbarg ihn ganz, indem er sich als Schrift=
steller West nannte.

Der Vater unseres Franz war ein angesehener Advokat von streng rechtlichem Wesen und lebhaft patriotischer Gesinnung. Er hat schwer gelitten durch die siegreichen Kriege Napoleons, welche Oesterreich so große Verluste zuzogen, und nach den Schilderungen des Sohnes ist der Vater ein herb zurückhaltender, schweigsamer Mann gewesen, welcher sich zu keinerlei Zärtlichkeit für die Kinder herbeiließ, wohl aber aufmerksam für den Unterricht und die Erziehung derselben gesorgt hat. Frühe Neigung unseres Franz zu schöngeistigen Versuchen hat er geringschätzig abgewiesen, und er hat geradezu verhindert, daß der Knabe dafür Anlaß finde, zum Beispiel durch Besuch des Burgtheaters. Er hat ihn dann lieber ins Leopoldstädter Theater geschickt zu einem Possenspiele. Franz sollte nicht in poetische Tändelei geraten, sondern ein fermer Jurist werden.

Die Mutter, aus der wohlhabenden, hochgeachteten Familie Sonnleithner stammend, ist eine schöne einfache Frau gewesen von großer musikalischer Begabung, herzensgut und von besonderer Zärtlichkeit für ihren Erstgeborenen Franz. Auch er hat mit großer Zärtlichkeit an ihr gehangen, und er beklagt es wohl, daß der würdige Vater immer so verschlossen geblieben für jeden Herzenserguß.

Man wird es selten so deutlich erkennen wie bei diesen Eltern und diesem Sohne, daß die Grundelemente des Vaters und der Mutter gleichmäßig auf den Sohn übergehen. Der streng prüfende Verstand und die ebenso streng rechtschaffene Gesinnung waren das väterliche Erbteil unseres Franz, und von der musikalischen Mutter hat er den künstlerischen Drang und die künstlerische Fähigkeit in vollem Maße erhalten.

Die Familie wohnte auf dem Bauernmarkt in einem weitläufigen Labyrinthe von Gemächern, welches unser Dichter in seiner Selbstbiographie genau beschrieben und welches manchen Leser wohl an die dunkeln Räume der Ahnfrau erinnert hat.

Ueber seine Erziehung und den Gang seiner Schul-
bildung hat Grillparzer selbst in jener Biographie so vollständig Auskunft gegeben, daß da nichts zuzusetzen, sondern
nur auf diese wertvolle Schilderung hinzuweisen bleibt.
Eine kleine Absonderlichkeit erwähnt Grillparzer nicht:
er hat als junger Mensch ein wenig lispelnd angestoßen mit
der Zunge, und hat sich nach dem Beispiele des Demosthenes
durch in den Mund genommene kleine Steine dauernd kuriert.
Als eigentümlich in dem Bildungsgange unseres Dichters
zeigt es sich, daß er unregelmäßig in seinen Studien dahin-
geht und sich durchweg von Stimmungen beherrschen läßt.
Er vernachlässigt das eben zu Erlernende und holt es dann
gleichsam stoßweise nach. Letzteres mit großer Anstrengung,
aber auch so vollständig, daß er am Schlusse der Universitätsstudien das Zeugnis voller Reife davonträgt.

Es fehlt nicht an Zeichen, daß der junge Franz trotz
dem abwehrenden Vater poetischen Anwandelungen nachgegeben,
daß er zum Komödienspiel mit Kameraden ein Lustspiel zu
skizzieren versucht und daß er — was wichtiger ist — Ge-
legenheitsverse gemacht hat. Merkwürdig genug sind es nicht
Ergießungen eines jugendlichen Herzens, sondern Verse, welche
man 'politisch nennen möchte. Ein solches Gedicht, welches
die damalige zerrüttete Lage des Staates zur Grundlage hat,
lautet wie folgt:

Schlecht und recht.

Mit frechen Feinden kriegen
Und sie auch stets besiegen,
Das wär' schon recht;
Doch, ohn' ein Schwert zu ziehen,
Noch immer mehr zu fliehen,
Ei! das ist schlecht.

Mit einem andern kämpfen,
Der Feinde Rachgier dämpfen,

Das wär' schon recht.
Doch Pläne, die nichts taugen
Und nur das Land aussaugen,
Ei! das ist schlecht.

Im siebenjähr'gen Kriege
Hatt' man sehr wenig Siege,
Das war nicht recht;
Doch jetzt so schrecklich kriegen
Und auch nicht Einmal siegen,
Ei! das ist schlecht.

Dem Lande Frieden schenken
Und Land und Leut' bedenken,
Das wär' schon recht.
Doch jetzt den Frieden machen,
Worüber alle lachen,
Ei! das ist schlecht.

Wenn man uns reformierte
Und alles anders führte,
Das wär' schon recht.
Jedoch es bleibt beim alten,
Die Schurken läßt man walten,
Ei, wahrlich! das ist schlecht.

Dies bleibt doch für einen jungen Menschen ein auffallen=
des Zeugnis. „Kündigt sich in diesen jugendlich unreifen
Versen," sagt ein Kritiker, „nicht schon der ganze Mann
Grillparzer an mit seinem ehrlichen, schneidigen Zorn gegen
alles Halbe, Schwächliche, Faule in der Welt?"

Da tritt ein trauriges Ereignis ein: sein Vater stirbt.
Am Sterbelager kniet Franz heftig weinend und dem Vater
die Hand küssend. „Zu spät!" sagt dieser. — Wie hart von
einem Vater! Wie tief mußte dies schonungslose Wort in die
Seele des Sohnes greifen.

Dazu, wie wir sehen werden, der erschreckliche Tod der
so warm geliebten Mutter.

Als ob der Tod der Eltern dazu bestimmt gewesen, einen ungewöhnlichen, einen erschütternden Eindruck zu machen auf den jungen Mann, dessen innere Welt zu poetischem Ausbruck gedrängt wurde.

Es fand sich, daß die Vermögensverhältnisse des Hauses ganz erschöpft waren. Die Kriegszeiten hatten den Erwerb zerstört, der patriotische Vater, welchem die Not des Vater= landes das Herz gebrochen, war auch in seinem wirtschaft= lichen Leben gelähmt worden — die Mutter mit drei Söhnen blieb fast mittellos zurück. Franz mußte auf einigen Erwerb bedacht sein. Er wurde Hauslehrer auf dem Lande, wurde dort krank, kam in traurigem Zustande zur Mutter zurück und suchte, kaum hergestellt, durch Unterrichtgeben etwas zu erwerben.

Die Selbstbiographie berichtet über diese Jugendzeit aus= führlich.

Charakteristisch für unsern Dichter ist es, daß er trotz aller Not immer an poetische Entwickelung denkt, die doch das Höchste und Wichtigste wäre, und daß er demgemäß an die Hofbibliothek will als an seinen richtigen Platz. Zu wieder= holten Malen kommt er ein um eine, natürlich unbesoldete An= stellung, zu wiederholten Malen wird er abgewiesen, endlich aber wird es ihm doch gewährt, und stolz als jüngster Beamter wandert er nun täglich über den Josephsplatz, um oben in dem Gebäude voll Bücher zu studieren und unter anderem rasch Spanisch zu lernen.

Da tritt Graf Herberstein zu ihm, und stellt ihm eine besoldete Stelle beim Finanzdepartement in Aussicht. Es wird Grillparzer außerordentlich schwer, sich von der Bücher= welt zu trennen — die Lage der Mutter muß den Ausschlag geben. Sie darbt! sagt er sich, ihr kannst du beistehen, wenn du etwas erwirbst — und dies entscheidet. Er geht hinaus ins Zollamt, wo seiner eine kleine Anstellung mit Gehalt wartet.

Auch bei dieser Gelegenheit zeigt er eine überraschende
Fassung: sich selbst verhöhnend schreibt er einen Abschied von
der Hofbibliothek, in welchem er die unfruchtbare Gelehrsam=
keit verspottet:

Lebet wohl, ihr guten Musen,
Ich verlaß' euch bald,
Denn an eurem welken Busen
Ist's verzweifelt kalt.

Für den Kopf, ich muß es sagen,
Sorgtet ihr recht sehr,
Doch ich hab' auch einen Magen,
Und den ließt ihr leer.

„Sieh den Lorbeer! Was lohnt höher?“
Ach, ich hab' ihn satt.
Schieb' ich nicht, so braucht' ich eher
Noch ein Feigenblatt.

Denn hienieden ist man leider
Nur auf Geld erpicht,
Geld verlangt der harte Schneider,
Ach, und kein Gedicht.

Mit den Göttern nur im Bunde,
Fremd im irb'schen Land,
Schüttelt Gold ihr aus dem Munde,
Kupfer aus der Hand.

Leder habt ihr an den Bänden,
Keines für die Schuh,
Tische g'nug an euren Wänden,
Tischtuch fehlt dazu.

Statt der Handschrift, die für teuer
Jener Schrein uns gibt,
Gilt ein Wechsel mir, beim Geier,
Beßres Manuskript.

Und am Schluß, statt längerm Fabeln:
Lieschens Auge brennt
Nach ganz andern Inkunabeln,
Als Herr Sensel kennt.

Drum lebt wohl, ihr guten Musen,
Ihr seid mir zu kalt,
Mich zieht an des Lebens Busen
Stärkere Gewalt.

Dies flüssige Verstalent des 22jährigen Fants stimmt
gar nicht zu dem späteren Franz, welcher hypochondrisch und
schwerflüssig geworden war. Der Tüchtigkeit des jungen
Beamten that es übrigens keinen Eintrag. Er ist sehr ernst-
haft an sein Geschäft herangetreten. Offenbar auf Grund seiner
juridischen Kenntnisse hat man ihm Verhör und Untersuchung
der Schwärzer anvertraut und ihm dazu ein kleines abge-
sondertes Zimmer eingeräumt. Dort hat er denn so sorgfältig seines Amtes gewaltet, daß man auf dem Zollamte
ganz betrübt war, als er zu höherem Dienste abgerufen wurde.

Diesen Eintritt in den Staatsdienst nennt Rizy' ver-
hängnisvoll für Grillparzer, weil die Anfeindungen während seiner späteren Amtslaufbahn seine Stimmung, seine
Ruhe, seine Fassung fortwährend zerstört haben, und er ein
glücklicher Dichter geworden wäre, wenn er sich frei erhalten
hätte von jeder Bestallung.

Dies ist leicht gesagt, aber ist es richtig? Wir werden
ihn später oft lange Zeit unglücklich sehen, weil ihm die poetische Inspiration ausbleibt. Sie bleibt ihm nicht aus, weil
ihn das Amt oder ein Verdruß stören, nein, sondern weil er
überhaupt und immer fähig sein will zur Produktion und
dies nicht vermag. Da war denn das unwandelbare Amt
ein Anhalt für ihn, er konnte warten. Ohne Vermögen, wie
er war, poetischer Schriftsteller zu werden, das war sicherlich
höchst gefährlich für ihn. Ohne Anhalt wäre er wohl bei der

unvermeidlichen Stockung der Inspiration gefährlichen Schritten
ausgesetzt gewesen.

Trotz aller Warnungen des Vaters war ein Drang zu
poetischer Thätigkeit von frühauf lebendig in ihm verblieben,
und trotz aller Warnungen, welche sein eigener Verstand immer
wieder dagegen erhob, hatte der 17jährige Franz ein großes
Trauerspiel geschrieben, Blanka von Kastilien genannt. Es
ist wohl nicht unwichtig, Näheres darüber zu erfahren, um
die ursprüngliche dichterische Anlage des jungen Mannes
prüfen zu können.

Der Inhalt des Stückes war folgender: Pedro der Grau=
same hat durch seine Mißregierung sein Volk zu offenem
Aufstande gereizt. Von seinen beiden natürlichen Brüdern
(Söhnen der von Pedro eingekerkerten und wie es scheint in
den Tod getriebenen Eleonora) hat sich Heinrich Graf von
Trastamara an die Spitze der siegreichen Rebellen gestellt,
von denen Pedro arg in die Enge getrieben wird. Der
zweite Sohn Eleonoras dagegen, Federigo de Guzman, hält
zu dem König, und seine Loyalität wird lange vergeblich von
dem rebellischen Bruder zum Abfalle gereizt. Da erhält er
als Kommandant von Xeres den königlichen Auftrag, eine
dahin gleichsam als Gefangene eskortierte Dame streng zu
verwahren. Mit Entzücken erkennt er in ihr jene Blanka,
mit welcher er in Frankreich unter den abenteuerlichsten Um=
ständen als Federigo de Kastro ein Liebesverhältnis geknüpft
hatte, ohne ihren wahren Namen zu kennen, welche er zwar
auf den Ruf seines Vaterlandes in einer rätselhaft gebliebenen
Weise verlassen hatte, zu welcher er aber mit Aufgebung seiner
hohen Stellung zurückzukehren entschlossen ist. Die beiden
Liebenden erkennen sich. Mit Entsetzen erfährt Federigo,
daß seine Blanka die Gattin des verworfenen Königs ist,
daß sie zwar nicht aufgehört hat, ihn leidenschaftlich zu lieben,
daß sie aber den Gedanken abweist, das eheliche Band zu

verletzen, durch welches sie an den grausamen Wüstling Pedro geknüpft ist.

In der furchtbaren Aufregung, in welche Feberigo durch diese Lage der Sache versetzt worden, trifft Lara ein, welcher sich im Auftrage Heinrichs des Grafen von Trastamara in Xeres eingeschlichen hat, um ihn für die Sache der Rebellen zu gewinnen, welche für Blanka schwärmen.

Feberigos loyale Gesinnungen werden sehr erschüttert — er beginnt zu schwanken und wird vorläufig nur durch seinen väterlichen Freund Gomez gehalten, welcher die äußersten Anstrengungen macht, ihn auf der alten Bahn der Tugend und Treue zu befestigen.

Da kommt der König, vom Minister Pabilla und dessen Schwester Maria begleitet, welche ihm die feierlichsten Versicherungen unwandelbarer Anhänglichkeit an den Minister und die buhlerische Schwester abgewinnen. Der König selbst erklärt ihm, daß er, von den siegreichen Rebellen aufs Aeußerste gebracht, sich ganz und gar seiner Treue anvertraut habe, und bewegt dadurch den edlen Mann derart, daß er trotz allem, was sein Herz zum Haß gegen Pedro und zum Abfall von demselben aufgereizt hat, sich neuerdings Treue gegen den angestammten König gelobt und dieser Wandelung seines Inneren den feierlichsten Ausdruck gibt:

> Nie wanken soll die Treu' in meinem Herzen,
> Im Sarge nur verlaff' ich diese Mauern.

Da tritt unversehens Blanka in den Saal und will, erschreckt durch den Anblick Pedros und Marias, entfliehen. Pedro aber entbrennt in Liebe gegen die ihm fremde Dame, welche ohnmächtig in die Arme Feberigos sinkt. Der Ausruf Blankas „Feberigo!" und sein Ausruf „Blanka!", den sie bei dieser unwillkürlichen Umarmung ausstoßen, verraten sie. Pedro erkennt die Königin, und Maria entdeckt das Liebesverhältnis der beiden.

Pabilla weiß seine Schwester, welche den König auf=
geben will, zum Ausharren zu bestimmen, indem er den Ge=
danken anbeutet, daß man sich nach Umständen der Königin
werde entledigen und Pedro wieder zur Macht bringen können.
Dem letzteren, welcher ganz für Blanka entbrannt scheint,
wird nun beigebracht, daß Federigo im Einverständnisse mit
Blanka und den Rebellen entschlossen sei, ihn sofort vom
Throne zu stürzen. Es fällt ihnen nicht schwer, für jeden
Fall ein Todesurteil gegen Federigo und Blanka zu er=
wirken. Dies zeigen sie frohlockend dem Federigo vor, und
dem Kämmerer Haro wird dessen strengste Ueberwachung auf=
getragen.

Federigo eilt zu Blanka und fordert sie zur Flucht auf.
Trotz der drohenden Gefahr verschmäht sie die Flucht und
will ihren Gattenpflichten treu bleiben. Umsonst macht er sie
mit dem geheimen Gange bekannt, welcher ins Freie führt,
und legt den Schlüssel hin, welcher diesen Gang öffnet. Blanka
bleibt bei ihrer Weigerung. Federigo, hierüber in Verzweif=
lung, jammert vor dem Bilde seines Vaters und entdeckt, daß
sich Haro in die Zimmer Blankas eingeschlichen, um diese —
er ist davon überzeugt — zu ermorden. Heftige Scene mit
Haro, und Erklärung, daß er Blanka auch gegen ihren Willen
retten wolle.

Da erscheint Pabilla, nimmt ihm den Schlüssel ab und
verweist Blanka in ihr Gemach, wo sie aufs strengste be=
wacht werden soll. Triumphierend geht er ab. Federigo
folgt ihm, entschlossen, nun zur Gewalt zu schreiten:

„Die Würfel liegen, in der Ferne ruft's.
Ist's Teufel oder Gott, der ruft? Ich folge."

In dieser Stimmung trifft ihn Lara, der auf Entscheidung
drängt, da er sich von Spähern belauscht ins Lager der Re=
bellen zurückzufliehen genötigt glaubt. Entscheidung! Unter
furchtbaren inneren Kämpfen, dem Wahnsinne nah, entschließt

ſich Federigo, an Traſtamara zu ſchreiben, und übergibt den
Brief an Lara, nimmt ihn wieder zurück und fällt in Ohn=
macht. Dem Bewußtloſen entzieht Lara das verhängnisvolle
Schreiben — da tritt Haro mit einer Wache ein, verhaftet den
entlarvten, längſt als Lara erkannten Pilger und entreißt
ihm den Brief, welchen der hinzukommende Padilla jubelnd
empfängt, um ihn dem Könige zu überbringen und damit
das Schickſal Federigos zu entſcheiden.

Haro meldet dem Padilla, daß das für Pedro zuſammen=
geraffte Heer ſich der Stadt nähere, daß aber die Stimmung
des Volkes feindlich ſei. Man hoffe, daß die Königin ihrer
Haft entlaſſen werde. Padilla mißtraut dem Haro, wird aber
von dieſem daran erinnert, daß er auf ſein Geheiß Eleonoren
vergiftet habe, und daß er ihn alſo als ſeinen Mitſchuldigen
verderben könne. Dies veranlaßt Padilla, dem Haro die
Schlüſſel der Feſtung anzubertrauen und unter dieſen auch
den zum geheimen Gange.

Dieſe Nachgiebigkeit bereut jedoch Padilla ſofort wieder
und beauftragt Diego da Robledo, den Haro noch in der=
ſelben Stunde zu ermorden und, nachdem er ihm die Schlüſſel
abgenommen, während der Nacht auch die Königin und Fe=
derigo zu töten.

Da kommt Maria vom Könige und ſpricht dagegen, ob=
wohl ſie früher ſelbſt die Ermordung Blankas gewollt. Sie
ſchaudert jetzt davor zurück und ſucht ihn durch Bitten und
Drohungen davon abzubringen. Vergebens! Unerwartet bringt
Diego da Robledo die Nachricht, daß Federigo den Haro
umgebracht habe und wahrſcheinlich mit dem ihm abgenom=
menen Schlüſſel in die Gemächer der Königin geeilt ſei, offen=
bar, um ſie zu entführen. Ihm nach, um dies zu berhindern!
Der König aber erſcheint im Halbwahnſinn, mit dem Bilde
der nun von ihm geliebten, aber als Ehebrecherin den Mör=
bern überlieferten Königin beſchäftigt, und erzwingt von der

reuigen Maria das Geſtändnis, daß die Königin unſchuldig
ſei. Maria von ſich ſtoßend und verfluchend ſtürzt er fort.

Inzwiſchen hat Federigo mit Gewalt den Eingang zum
Zimmer der Königin erkämpft und, indem er ſich vor ihr des
Mordes, des Hochverrats und ehebrecheriſcher Gelüſte beſchul=
bigt, hat er bei der Geliebten das tiefſte Mitleid erregt, und
da er ihre Rettung als das einzige bezeichnet, was als Sühne
ſeiner Vergehungen ſein furchtbares Leid mildern könne, ent=
ſchließt ſie ſich, den neuerdings dargebotenen Schlüſſel anzu=
nehmen. Federigo, an die Tage ihrer reinen Liebe erinnernd,
ſpricht:

> Es ſchien was Höheres in uns zu walten,
> Dem Fluch der Sterblichkeit nicht unterthan,
> Das ſelbſt der Tod nur herrlicher entfalten,
> Das Grab zu ſchönerm Leben wecken kann,
> Das jenſeits wir des Reiches der Geſtalten
> Am Ziel der reichen durchgewallten Bahn
> Dort in der Ewigkeit verſchwiegnen Gründen
> In unbefleckter Reine wiederfinden.
> Fühlſt du den Strahl lebendig, ſegenreich
> Die Nacht des Kummers in der Bruſt durchblitzen?
> An meine Bruſt! Mein Weib! Jetzt wieder mein,
> Von Gottes Hand mir ſelber angetraut!
> Nun mag der Tod uns immerhin erſcheinen,
> Er trennt uns nicht, er kann uns nur vereinen.

Blanka.

> Er trennt uns nicht, er kann uns nur vereinen.

An ſeine Bruſt ſinkend, hört ſie die Thür ſprengen
und ruft:

> Hörſt du? Er kommt, er kommt, uns zu vermählen.

Federigo.

> Ha, was iſt das?

Blanka.

> Es nahen meine Henker.

Federigo.

Zurück! Sie sollen meine Klinge fühlen.

Blanka.

O, freudig sterbe ich an deiner Seite.

Nein! ruft Federigo, er habe nicht den Mut, sie sterben zu sehen, er beschwört sie auf seinen Knieen, zu fliehen. Wenn sie noch länger bleibe, sei er verloren. Da ergreift sie den Schlüssel und enteilt in den Gang.

Dort wird sie später niedergemacht, nachdem auch Federigo gefallen.

Pedro steht mit Entsetzen an dessen Leiche und ruft, man solle die Königin retten, denn ihre Unschuld sei durch den Mund der sterbenden Maria bestätigt. Aber zu spät. Man bringt ihre Leiche, während die Rebellen die Burg erstürmen. Er flieht nicht, sondern schließt mit den Worten: Hier sollen sie mich finden.

———

Ist in dieser überreichlichen Komposition eines jungen Menschen nicht das Talent zum dramatischen Aufbau ersichtlich genug? Nur er selbst, der junge Mensch, ist nicht damit zufrieden, er kritisiert es scharf. Folgendes Blatt findet sich von seiner Hand im Nachlasse: „Studien zur Blanka von Kastilien. Aus dem Tagebuche v. J. 1809, S. 13—15 (Anfang des Jahres)."

„Ich mag thun, was ich will, ich kann über den Charakter der Maria da Padilla nicht einig mit mir selbst werden. Es ist ausgemacht: ihr hervorstechendster Zug ist Herrschbegierde, nicht Neigung zum Großen; dadurch erklärt sich der Zug, daß sie im zweiten Akte dem König ziemlich unverschämt schmeichelt. Ich stelle sie mir nämlich so vor: Sie war ein Mädchen ohne feste Grundsätze, durch ihren äußerst

niederträchtigen Bruder verzogen, und schon früh jeder Keim
zum Guten, der wirklich in ihrer Seele lag, erstickt; doch
konnte seine Erziehung nie einen gewissen Trieb nach Großem
aus ihrer Seele reißen, das aber durch alle Umstände und
Verhältnisse in Herrschsucht und Sucht zu glänzen (und in
ein gewisses) Wohlgefallen an phantastisch großen Handlungen
ausartete. Es ist nicht so viel Geldgeiz, Hang zum Laster,
was sie gleich anfangs an den König fesselte, als vielmehr
eine ungezähmte Begierde viel zu sein, zu heißen, zu gelten,
mit einem Worte bekannt (berühmt oder berüchtigt, einerlei),
gefürchtet zu werden, zu herrschen. Diesen ihren Trieb fachte
ihr böser Bruder aus Gründen des Eigennutzes immer mehr
an, und alle Vergehungen, deren sie sich in der Folge schuldig
machte, sind bloß Ausflüsse dieses Charakterzuges. Sie will
den König verlassen, als sie bemerkt, daß er auf dem Punkte
sei, sein Reich zu verlieren, denn das, was sie an ihn fesselte,
seine Krone, ist nun verloren. Was konnte sie zurückhalten?
Geliebt hatte sie ihn nie; aller Grund fällt weg. Wäre
Pedro ein Held gewesen, Padilla (Maria) würde ihn vielleicht
nicht verlassen haben, denn in diesem Falle hätte(n) ihre Phan=
tasie, ihre romanhaften Begriffe sie zum Bleiben genötigt;
aber der Tod an der Seite dieses elenden Schwächlings, ein
Opfer Pedron gebracht, hat so wenig den Schein der Größe,
der Erhabenheit, daß er (es?) vielmehr das Gepräge der
Schwäche, des Unsinns tragen würde. Ihr Bruder beredet
sie durch die Vorstellung, daß Pedros Lage bei weitem noch
nicht so verzweifelt sei als sie denke, durch die Idee, daß in
diesen Umständen fliehen ihrer Nebenbuhlerin weichen hieße,
zu dem Entschlusse, noch länger auszuharren. Der König sah
Blanka nun erst zum erstenmal, und ihre Schönheit machte,
wie es jedes andere hübsche Gesicht ebenfalls gemacht haben
würde, tiefen Eindruck auf Pedros schlaffe Sinne. Nun muß
sich Maria entschließen, Blanka zu ermorden. Verträgt sich

dieser Entschluß mit ihrem Charakter? — Maria ist nicht grausam, nicht lasterhaft, sie ist nur herrschsüchtig, und eben hieraus, glaube ich, fließt natürlich ihr Beistimmen zu dem gräßlichen Plan ihres Bruders. — Doch genug, und mehr als genug."

Also der 18jährige Kritiker seines Stückes.

Seitdem ist er vier Jahre älter geworden und amtiert im Zollamte. Er hat aber während der vier Jahre nichts gethan, um sein Trauerspiel zu verwerten. Er findet es nicht gut genug. Erst später, als einmal die Nahrungssorgen seiner Mutter gar zu bringend wurden und er so gern ein Stück Geld verdient hätte, hat er es seinem Onkel Sonn= leithner, welcher am Burgtheater angestellt war, eingereicht mit bescheidener Anfrage. Der ehrliche Onkel hat Nein sagen müssen und hat wohl auch darauf hingewiesen, daß es so lang sei, um zwei Theaterabende auszufüllen. Grillparzer hat sich damit begnügt und seine Blanka von Kastilien für immer unberührt im Kasten liegen lassen.

Dennoch war während der vier Jahre und war auch jetzt noch die Hamletfrage Sein oder Nichtsein, ein Dichter werden oder nicht? seine immerwährende Not. Standhaft sagte er nein, benützte aber alle freien Stunden, welche ihm das Amt übrig ließ, zu litterarischen Studien.

Er wohnt damals mit der Mutter und einem Bruder am unteren Nordende des „tiefen Grabens" — am „Gelände" war der offizielle Name, „im Elend" hieß es beim Volke — drei Stock hoch in einer stillen Wohnung. Ein kleines Zimmer= chen hat er für sich, und da sitzt er standhaft am alten Schreib= tisch seines Vaters, lesend, studierend, schreibend, ob auch die Mutter warnt vor dem Zubielstudieren. Die alten griechischen Klassiker sind immer aufgeschlagen, und er hat sich ihrer denn auch so bemächtigt, daß sie ihm zeitlebens geläufig waren wie Schiller und Goethe. Noch in seinen alten Tagen las

er sie fließend in ihrer Originalsprache. Daneben Jean Paul,
welchem er aber fest widersprach in den idealistischen Ueber=
treibungen, die Helden ins unklar Blaue empor zu schrauben.
Ferner Shakespeare und die ästhetischen Schriften der Schlegel.
Er war damals schon in heller Opposition gegen deren
romantische Aesthetik, und es findet sich — wunderlich genug!
— ein Blatt vor, welches die Frage des Schicksals in der
Tragödie behandelt. Schlegels Behauptung von der „Vor=
sehung" statt des Schicksals weist er ab als ganz nichtig,
als hätte er den Streitpunkt über die noch nicht vorhandene
Ahnfrau vorhergesehen. Ferner widerspricht er Schlegel, daß
der Chor der Alten idealisierte Zuschauer bedeute, und auf
einem Zettel findet sich folgende Ausführung:

„Die Griechen waren weit entfernt, mit der Idee vom
Fatum einen bestimmten abgeschlossenen Begriff zu verbinden.
Die verschiedene Art, in welcher das Fatum in der griechischen
Tragödie erscheint, liefert hierzu den sprechendsten Beweis.
Es war ihnen wohl nichts als der unerklärte Grund (das
unbekannte Absolute), das allen Veränderungen, allem Wollen,
Handeln, wohl auch Sein zum Grunde liegt. Daher kommt
es in ihren Tragödien bald als unausweichliche Notwendig=
keit, bald als schadenfrohe Opposition, bald als rächende
Nemesis vor, und es kann deshalb (auch abgesehen von der
Form des Christentums) allerdings noch in der neuen Tragödie
gebraucht werden. Was Schlegel davon sagt, ist, aufs ge=
lindeste gesprochen, einseitig.

„Die Idee der Vorsehung an die Stelle des Fatums
als Princip der romantischen Tragödie einzuführen, wie dieses
in der antiken Welt gewesen sein soll, ist Unsinn. Wenn ein=
mal die Vorsehung den höchsten Grad ihrer Intension erreicht
hat und durchaus praktisch geworden ist, hört überhaupt die
Möglichkeit eines Trauerspiels auf, denn aus diesem Gesichts=
punkte ist der Schmerz und der Tod kein Uebel mehr, und

jede mit der Vorsehung im Kampf stehende Leidenschaft ist
verbrecherisch und hört auf, tragisch zu sein."

. Ebenso charakteristisch ist die Entschiedenheit, mit welcher
er sich auf einem andern Blatte (es ist ein kleines Heftchen)
gegen die bei Schlegel und in der romantischen Schule vor=
herrschende Tendenz erklärt, welche in der Poesie das Aus=
gehen von allgemeinen Ideen verlangt. Dagegen erhebt er
heftigen Widerspruch und sagt:

„Das Generalisieren in Geschmackssachen erscheint mir
ebenso lächerlich, als es mir widerlich ist. Wenn Schlegel
sagt, Aeschylus wollte in seinem Prometheus dies und das
schildern, so erhellt sehr deutlich, daß Schlegel gar nicht weiß,
was produktives Genie und dessen Walten für ein Ding ist.
Aeschylus wollte in Prometheus den Prometheus und weiter
nichts. Kein Dichter in der Welt ist wohl je bei Schöpfung
eines Meisterwerkes von einer allgemeinen Idee ausgegangen.
Das kommt von der beliebten Einmischung (der Philosophie)
in die Kunst. Mir kommt ein solches Assert ebenso vor, als
ob jemand glaubte, der Natur lägen wirklich die anziehende
und die abstoßende Kraft zu Grunde. Die Körper sind schwer,
sie fallen, sie verbinden sich, sie werden bewegt, aber von
einem Allgemeinen ist da nirgends die Rede als im Geiste
des Beobachters. Wehe dem Kunstjünger, der von selbst oder
durch Anleitung auf solches Generalisieren verfällt. Als
Philosoph mag er vielleicht etwas leisten, zum Dichter ist er
verdorben ewiglich."

So kritisch ausgerüstet war unser junger Dichter auf
seinem Stübchen „im Elend". Und hier auf dem alten Stuhle,
dessen zerbrochenes Strohgeflecht durch ein Brett ersetzt war,
kam es zum Schreiben der Ahnfrau.

2.

Die Ursache, daß diese Ahnfrau entstehen konnte, während Grillparzer grundsätzlich nichts Dichterisches schreiben wollte, reicht zurück in seine kurze Dienstzeit, welche er in der Hofbibliothek verbrachte. Dort hatte er sich mit rascher Erlernung des Spanischen beschäftigt und den ersten Akt von Calderons „Leben ein Traum" übersetzt unter schmiegsamer Aneignung der spanischen Form. Diese Uebersetzung war in die Hände des Wiener Journalisten Hebenstreit gekommen, und dieser hatte sie wie einen Streitkolben benützt. Im Burgtheater nämlich war die Bearbeitung des Calderonschen „Leben ein Traum" aufgeführt worden. Der Bearbeiter nennt sich West und ist als Schreyvogel in dramaturgischer Stellung am Burgtheater. Es handelt sich darum, ob diese seine Stellung aufgehoben oder verlängert werden soll, und der Wert dieser Bearbeitung soll die Entscheidung bringen. Jener Hebenstreit nun ist ein Gegner Schreyvogels und benützt den Grillparzerschen Akt als Waffe gegen Schreyvogel, indem er ihn abdruckt in seinem Journale und nachweist, daß neben dieser Arbeit Grillparzers die Bearbeitung Schreyvogels eine Schülerarbeit sei.

Schreyvogel ist schmerzlich betroffen von dieser Feindseligkeit des jungen Grillparzer. Er hat in früherer Zeit einer Schwester von Grillparzers Mutter den Hof gemacht, und sein Zurücktreten von dieser Bewerbung hat einen übeln Eindruck hinterlassen. Er ist nun der Meinung, der Neffe Franz Grillparzer trage ihm jene üble Meinung nach, indem er als sein litterarischer Gegner auftritt.

Grillparzer selbst hat keine Ahnung von alledem, und als die beiden Männer endlich durch Leon, einen dichtenden

Beamten in der Hofbibliothek, zu einander gebracht werden,
entspinnt sich zwischen ihnen ein freundschaftliches Verhältnis,
welches für Grillparzer von großer Bedeutung werden
sollte. Schreyvogel fragt, ob Franz dichte, und Franz in
seinem steten Kampfe zwischen poetischem Wollen und Nicht=
wollen will Nein sagen, muß aber doch eingestehen, daß ihn
eine Zusammenstellung zweier Erzählungen zu einem Drama
gequält, daß er aber den Versuch aufgegeben habe. Schrey=
vogel als praktischer Dramaturg überall darauf bedacht, daß
Stücke entstehen, rät ihm dringend an, die Zusammenstellung
auszuführen, und so scheiden die neuen Freunde.

Grillparzer bleibt seiner schmerzlichen Enthaltsamkeit
getreu, er will nicht dichten, und als er nach langer Zwischen=
zeit einmal wieder Schreyvogel auf dem Glacis begegnet,
schüttelt er wiederum den Kopf zu dessen erneuter Aufforde=
rung. Grillparzer beharrt darauf, es ginge nicht. „Ach
was!" ruft Schreyvogel, „so hab' ich auch einmal zu Goethe
gesagt, und der hat mir erwidert, man müsse nur in die
Hand klatschen, es ginge schon!"

Diese Zuversicht wirkt endlich doch auf Grillparzer.
Er rückt diese zwei Erzählungen wieder vor seine Phantasie,
und in einer unruhigen Nacht treten sie ihm zusammen.
Die eine handelt von einem Räuber, welcher von Häschern
verfolgt in ein Schloß flüchtet, wo ein Mädchen seine Ge=
liebte ist. Er wird ereilt und getötet. Die zweite ist eine
Gespenstergeschichte in einem alten Schlosse, wo eine Ahnfrau
ihr Wesen treibt. Hastig fängt er nun an zu schreiben, und
schreibt in ein paar Tagen mehrere Akte auf graues Papier.
Diese bringt er Schreyvogel, das weitere mündlich schildernd.
Schreyvogel ist erbaut davon, und in eben solcher Hast schreibt
Grillparzer nun die weiteren Akte. Er überreicht das
Ganze dem Dramaturgen, unterläßt aber nicht, fortwährend
seine Zweifel zu äußern, ob diese Arbeit irgend was taugen könne.

Schreyvogel ist ganz der Mann, dies Zeugnis hin=
reißenden Talentes sofort zu erkennen und zu würdigen, ja
unter enthusiastischen Lobeserhebungen die Ahnfrau zur Auf=
führung anzunehmen.

Leider thut er sogar noch mehr: als Mann des Theaters,
welcher starke Drucker braucht, nötigt er — unter Wider=
streben Grillparzers — dem Stücke einige Stellen auf,
welche die Schicksalsidee ausprägen. Namentlich durch Müll=
ners „Schuld", welche in Wien großes Glück machte, war
die Betonung des unwiderstehlichen Schicksals damals Mode,
und die durch Jahrhunderte einherschreitende Ahnfrau bot dazu
willkommene Gelegenheit.

Joseph Schreyvogel war ein stattlicher Wiener, welcher
nach vollendeten Universitätsstudien unter sehr günstigen Um=
ständen in eine freie litterarische Laufbahn eingetreten war.
Durch Erbschaft vermögend, fast reich, war er übrigens von
klarem Verstande, von frischer Thatkraft und nicht ohne
Talent. Als man aber im damaligen Spionieren nach
Jakobinertum auch auf ihn zu fahnden schien, da ging er
stracks hinweg von Wien und ließ sich in Jena nieder, dort
in der Nähe der großen Dichter seine litterarische Ausbildung
betreibend. Schiller und Wieland haben auch Beiträge von
ihm in ihre Journale aufgenommen, und er hat kleine
Theaterstücke geschrieben. Bemerkenswert ist es, daß er, nach
Jahren heimkehrend, ein sehr ungünstiges Urteil über das
Weimarische Theater fällt.

Er wurde nun, 1802, am Burgtheater angestellt, trat
aber bald zurück, weil er keine hinreichende Thätigkeit fand.
Dann zeigte er als Herausgeber einer trefflichen Wochenschrift
(das Sonntagsblatt) gute schriftstellerische Eigenschaften, kri=
tische Schärfe und guten Stil. Leider wurde er aber bald
genötigt, sich nur um seine persönlichen Interessen zu kümmern.
Er hatte mit Freunden ein großes litterarisch=artistisches

Verlagsgeschäft gegründet, und dies war durch ungeschickte
Verwaltung in finanzielle Gefahr geraten. Da hat er denn
ſelbſt mit Anſtrengung all ſeiner Kräfte die Leitung übernommen, und hat das Geſchäft nach Jahren wohl zu gutem
Ausgang geführt, dabei aber einen großen Teil ſeines Ver-
mögens eingebüßt. Alsdann iſt er zum zweitenmale dem
Burgtheater — damals hieß es Nationaltheater — nahe getreten und iſt 1814 Präſidialſekretär desſelben geworden.
Gleichzeitig wurde er Vicedirektor des Theaters an der Wien.
Dies war Eigentum des Grafen Palffy, und das Burgtheater war an denſelben Kavalier verpachtet.

Von da an hat er 18 Jahre lang das Burgtheater
geführt, und er hat die Tüchtigkeit und den Ruhm dieſes
Inſtituts geſchaffen. Er war ein moderner Dramaturg mit
litterariſchem Geſchmack, mit Kenntnis der Scene und der
ſchauſpieleriſchen Kunſt, und endlich mit derjenigen Energie,
welche zur Führung eines Theaters unentbehrlich iſt.

Im Jahre 1832 erlag er der heilloſen Kavalierherrſchaft,
welche in Oeſterreich ſo viel Schaden angerichtet hat. Ein
Graf Czernin hat den verdienten Mann in brutaler Weiſe
geradezu fortgejagt, und bald darauf iſt er noch in demſelben
Jahre an der Cholera geſtorben. Die Folgen für das Burgtheater waren ein kläglicher Verfall des Inſtituts.

Dieſer wohlgebildete und wohlentſchloſſene Mann nahm
damals den jungen Dichter Grillparzer feſt bei der Hand
und iſt ihm immerdar treu geblieben. Ebenſo hat Grillparzer unentwegt treu zu ihm gehalten und ihn ſtets ge-
prieſen.

Als leitender Dramaturg des Burg- und des Wiedner-
Theaters hatte er die Wahl für die erſte Aufführung der
Ahnfrau. Er wählte das Wiedner. Dies große populäre
Theater ſchien ihm beſonders geeignet für die in ihrem ſpan-
nenden, ſtürmiſchen Gange gewiß populäre Ahnfrau.

Wir wissen aus der Selbstbiographie, daß Grillparzer sich zu alledem unschlüssig verhielt, da die Scheu vor der Oeffentlichkeit und das Mißtrauen in sein Talent ihn lähmten. Er hat uns ausführlich beschrieben, wie er mit seiner Mutter und seinem Bruder bei der ersten Aufführung auf der ersten Galerie gesessen, wie ihm die Vorstellung gespenstisch entgegengetreten, wie die Mutter voll Angst, der Bruder betend sich verhalten, und wie er selbst mit Hersagen all der da auf dem Theater gesprochenen Worte sich geplagt und trotz allen Beifalls den Eindruck erhalten habe, die Ahnfrau hätte nicht gefallen. Er hatte auch seinen Namen nicht auf den Zettel setzen lassen.

Die lange Reihe der folgenden, vom Publikum überfüllten und mit stürmischem Beifall aufgenommenen Vorstellungen belehrte ihn wohl endlich, daß sein Gedicht großes Glück gemacht habe.

Dennoch konnte er den übeln Eindruck nicht los werden, welchen ihm die Vorstellung angethan. „Ich werde in meinem Leben nicht vergessen," sagt ein von ihm beschriebenes Blatt darüber, „wie mir bei der ersten Aufführung (der Ahnfrau) zu Mute war. Ich denke, wenn man mir unvermutet mein eigenes lebensgroßes Bild, in Wachs geformt, nach der Natur bemalt und doch in seiner ganzen toten Starrheit vor Augen brächte, würde mein Gefühl viel Aehnliches mit jener Empfindung haben. Die Gestalten, welche man selbst geschaffen und halb lebend in die Luft gestellt hat, vor sich hintreten, sich verkörpern zu sehen, den Klang ihrer Fußtritte zu hören, ist etwas höchst Sonderbares. Die Aufführung des Stücks hat aber auch offenbar mein Schamgefühl verletzt. Es ist etwas in mir, das sagt: es sei ebenso unschicklich, das Innere nackt zu zeigen als das Aeußere."

Die Freudenthränen der Mutter, das Herbeiströmen der Jugendfreunde zum Glückwünschen, und unter ihnen besonders

Altmütters, der ihm am nächsten stand, mußten ihn wohl endlich überzeugen, daß er alle Ursache hätte, erfreut zu sein.

Dieser Altmütter, ein junger Mann von ersichtlicher Selbständigkeit des Charakters, behagte Grillparzer wohl insbesondere darum, weil er nirgends den banalen Phrasen junger Streber nachsprach und auch bald von der litterarischen Straße der andern abwich. Er wendete sich zur Technologie und ist darin ein Mann von Verdienst geworden. Er ist der einzige, mit welchem Grillparzer längere Zeit näher verkehrt hat.

Was Freundschaft überhaupt betraf, so war Grillparzer wohl immer freundlich und gefällig, für ein hingebendes Verhältnis aber nicht leicht zu haben. Sein Bedürfnis nach Einsamkeit war zu groß, sein Bedürfnis nach vollständiger Selbständigkeit war zu mächtig.

Auch jetzt half ihm kein Entgegenkommen der Freunde über eine tiefe Störung hinweg, welche er bald nach den ersten Aufführungen der Ahnfrau erleben mußte. Die Kritik nämlich tadelte nicht nur, nein, sie fiel über ihn her wie über einen Verbrecher. Die Schicksalsidee in seinem Stücke wurde zum Verbrechen gestempelt. Dabei wurde der Vorgang in der Ahnfrau mit solchen Uebertreibungen und Fälschungen erzählt, daß Schreyvogel raten mußte, das Stück sogleich drucken zu lassen, damit das Publikum nicht den Entstellungen der Modezeitung preisgegeben bleibe. Die Ahnfrau wurde denn auch sogleich gedruckt, und dadurch wurde Grillparzer der Gelderwerb von seiner Arbeit entzogen, denn gedruckte Stücke waren allen Bühnen freigegeben, für sie wurde kein Kreuzer Honorar gezahlt. Ob nun auch alle Bühnen Deutschlands in rascher Folge unter großem Zulauf und Beifall die Ahnfrau aufführten, der Dichter derselben erhielt nichts dafür. Das Honorar des Wiedner Theaters und das Honorar des Buchhändlers Wallishaußer zusammen betrugen vierhun-

bert Gulden Silber. Das war der ganze Erwerb, welcher
für die Hauswirtschaft der Mutter und für den Ankauf einiger
Bücher verwendet werden konnte.

„Das mag noch hingehen!" ruft der junge Dichter, aber
diese Angriffe, diese Anklagen für eine Idee, welche gar nicht
die seinige war, die erbitterten ihn. Von hier stammt Grillparzers verächtliche Haltung gegen Kritik, welche er zeitlebens
gehegt, ja überall geäußert, und welche ihm ein Heer von
Feinden zugeführt hat.

Die kritische Uebertreibung in Sachen der Ahnfrau ging
übrigens in Wien so weit, daß selbst würdige Männer ihre
Mißbilligung in die Zeitungen brachten. So der scharfsinnige
und feinfühlende Günther, welchen die Welt später als
Theologen und Philologen hochzuhalten gelernt hat. Man gebärdete sich, als ob das Christentum in Gefahr sei durch die
Schicksalsidee in der Ahnfrau.

Schreyvogel brang darauf, daß Grillparzer ein gehar-
nischtes Vorwort schreibe zu dem gedruckten Buche. Grillparzer schüttelte den Kopf. Da schrieb Schreyvogel selbst
dieses Vorwort, welches der ersten Auflage beigegeben worden ist.

Man hielt es und hält es für einen Aufsatz Grillparzers; man irrte sich aber und irrt sich, es ist von Schreyvogel. Der Nachweis liegt vor. Es steht in der Gesamtausgabe hinter dem Schlusse der Ahnfrau.

Grillparzer selbst schrieb folgendes: „Aus der Art,
wie mich meine Gegner angreifen, sollte man meinen, ich sei
ein aufgeblasener Thor, der in seinem Trauerspiele ein
Meisterwerk geliefert zu haben glaubt, jeden Tadel zurück-
weist und daher auch Züchtigung verdient, so daß nur ge-
schicktere Exekutoren zu wünschen wären, um sie ihm auch
wirklich zu geben. Von allen solchen Einbildungen bin ich
nun meilenweit entfernt. Ich berufe mich auf das Zeugnis

aller derjenigen, welche mich kennen, mit welch peinigendem
Gefühl ich unmittelbar nach dem Erkalten der mit dem ersten
Hervorbringen notwendig verbundenen Wärme die Fehler
meines Werkes eingesehen, wie ich selbst der Vorstellung auf
der Bühne mich so lange widersetzt habe, bis mich erfahrene
Freunde überzeugt, der erste Schritt wolle gethan sein, kein
Anfänger habe noch Fehlerfreies geliefert, und — so glaubten
sie — mein Trauerspiel enthalte mit all seinen Fehlern doch
auch manches, um für diese zu entschädigen; endlich: das
Publikum werde einem Anfänger jene Nachsicht nicht ent-
ziehen, die von seinen Veteranen so oft in Anspruch genommen
wird.

Ich hab's gewagt, und bereue es nicht. Daß Unfähigkeit, Mißgunst und Neid gegen mich ankämpfen, ist in der
Ordnung. Ich werde mich durch ihr Geschrei nicht irre
machen lassen, meinen Weg fortgehen, eingeschlichene Irrtümer
durch eigene Beobachtung berichtigen und mich übrigens ferne
von dem Treiben einer faselnden, frömmelnden, geistlosen
Schule halten, die, wenn sie nicht bald in sich selbst zerfällt,
unsere deutsche Poesie !in ihr ehemaliges Nichts zurückführen
wird, und deren Impotenz und Unfruchtbarkeit am Tage liegt.

So will ich es halten und dann sehen, wie weit sich's
bringen läßt.

Am Schlusse verspreche ich dem Publikum, es künftig
mit allen weiteren Behelligungen, Klagen, Streitschriften und
dergleichen verschonen zu wollen. Mir ist derlei Geschreibe
verhaßt, und wenn ich gegenwärtig einem sonstigen Grundsatze entgegengehandelt habe, so geschah es nur, um meinen
Gegnern zu zeigen, daß ich nicht aus Furcht schweige. Sollte
es einem von ihnen gelingen, wie es bei langem Herum-
tappen nicht anders möglich ist, die partie honteuse meines
Stückes auszufinden, so soll es mich um der Sache willen
freuen. Bisher ist es noch nicht geschehen."

Daß er dies niedergeschrieben, mochte Grillparzer eine Genugthuung sein — abdrucken ließ er es nicht.

Seine Freude über den Erfolg der Ahnfrau wurde aber nicht nur von der Wiener Kritik getrübt. Das Stichwort „Schicksalstragödie" wurde durch Wiener Korrespondenten sofort hinaus nach Deutschland gefördert und kam als Echo von überall zurück. Er wurde verurteilt wegen eines ästhetischen Grundsatzes, den er gar nicht hatte. Das neue und ungemeine Talent des jungen Dichters in der Führung einer spannenden Handlung, in dem fortreißenden Schwunge der Sprache kam nur beim Theaterpublikum zu enthusiastischer Geltung, denn die Ahnfrau hatte auch in Deutschland auf allen Bühnen den größten Erfolg. Die Kritik nahm davon keine Notiz, sie erließ sich alles Nähere und stellte Grillparzer zu einer eben vorhandenen Gattung der Müllner und Werner, welche man fehlerhafte Autoren der Schicksalstragödie nannte. Schiller mit der positivsten Schicksalstragödie, der „Braut von Messina", wurde beiseite gelassen, und obwohl Grillparzer nie wieder etwas Aehnliches geschrieben, ist er doch zeitlebens aus dem Kerker dieser Gattung nicht mehr herausgelassen worden. Auch notorische Litterarhistoriker stolperten über diesen hingeworfenen Stein und erwähnten nur beiher seine sonstigen Werke, er blieb ein für allemal gerichtet als Schicksalstragöde.

Mochte auch der junge Autor solche Zukunft nicht vorhersehen, der Lärm der Gegenwart ärgerte und verstimmte ihn sehr, und in der Folge hat er über nichts so viel geschrieben als über die fehlerhafte Schicksalsidee. Das Wichtigste findet sich in der Gesamtausgabe Bd. IX, S. 131 ff. in dem Aufsatze „Ueber Schicksal und Fatum".

Jedenfalls beschloß er damals, für seine nächste Arbeit nur einen ganz einfachen Stoff zu wählen. Der Winter aber, der Frühling und der Sommer 1817 vergingen, er ent=

schied sich für keinen Stoff, obwohl in seinen Papieren zahl=
reiche verzeichnet sind, welche er vorgenommen hatte. Dra=
homira zum Beispiel hatte ihn schon 1810 und 1811 beschäftigt,
die Pazzi 1812, Spartakus, Römerdramen überhaupt, Marius
und Sulla insbesondere.

Schreyvogel mahnte umsonst, er war verstimmt durch die
kritische Aufnahme seines ersten Stücks und wollte gar kein
Stück mehr schreiben.

3.

In seiner Selbstbiographie erzählt er, daß ihm am Ein=
gange zum Prater ein Herr Joel die Sappho empfohlen habe
zu einem Operntexte, und daß er sofort, stundenlang im
Prater umherirrend, die Tragödie Sappho im Geiste auf=
gebaut und dann in einigen Tagen geschrieben habe.

Er erwähnt dabei nicht, daß ihn Sappho schon früher
interessiert hatte, wenn auch nicht gerade als Stoff zu einer
Tragödie. Und doch war dem so.

Die Anregung durch Joel geschah im Herbste, das rasch
geschriebene Stück mußte aber warten, weil Schreyvogel auf
Reisen war. Am 21. April 1818 kam es zur ersten Auf=
führung und fand enthusiastischen Beifall.

Alle Welt war entzückt, und nun nahmen sich auch hoch=
gestellte Staatsmänner des jungen Dichters thatsächlich an,
namentlich Graf Stadion, ein ausgezeichnet begabter und durch=
aus wohlgesinnter Herr, damals Finanzminister.

Er holte Grillparzer herein aus dem Zollamte in sein
Ministerium und verschaffte ihm eine höhere Stelle, welche
noch obenein keine finanzielle Thätigkeit in Anspruch nahm:

er wurde dem Burgtheater zugeteilt mit 1000 Gulden Ge=
halt und dem Teurungszuschusse kraft eines fünfjährigen
Vertrags, welcher ihn verpflichtete, alle seine Stücke zuerst dem
Burgtheater zu überlassen.

Was konnte ihm erwünschter sein, als solch eine Stellung
neben dem Freunde Schreyvogel! Sie wurde ihm aber sogleich
verleidet durch den Vorstand aus dem Ministerium, welchem er
untergeordnet war. Dieser, ein Herr von Fuljob, Hofrat der
allgemeinen Hofkammer, hatte die Staatsregie des Theaters
übernommen, nachdem die Pachtung des Grafen Palffy ab=
gelaufen war. Seine Stellung wie sein Wirkungskreis waren
die eines Direktors der beiden Hoftheater. Grillparzer be=
schreibt ihn also:

> „Des Staats und der Bühne Berater
> Erfüllt seine Pflichten er so:
> Ist Hofrat für das Theater,
> Und Komödiant im Bureau."

Uebrigens nennt er ihn einen unwissenden Mann, der
vom Theater nichts verstand, aber scharf bureaukratisch kom=
mandierte. Zunächst habe er versucht, Grillparzer und Schrey=
vogel gegeneinander zu verhetzen, und als dies nicht gelang,
habe er beide mißhandelt.

Grillparzer zog sich eiligst zurück und erbat vom Grafen
Stadion einen längeren Urlaub. Er erhielt ihn auch.

Dieser Herr Hofrat bildete den Anfang der Mißverhältnisse
Grillparzers zur höheren Bureaukratie. Diese Herren sahen
in der Förderung eines bloßen Dichters einen Eingriff in
ihre Rechte, und später konnte selbst der Minister Stadion
Grillparzer nicht hinreichend gegen sie beschützen.

Zunächst blieb der Sapphodichter guten Mutes, obwohl
die Kritiker auch dies sein zweites Stück nicht schonten. Er
las wohl auch mit Lächeln folgende Weisheit: „Daß diese

Sappho ein Trauerspiel sein soll, wäre schwer zu beweisen, denn wo wäre hier ein Sieg über die Notwendigkeit zu finden? Notwendigkeit ist wohl genug vorhanden, aber der Sieg der Freiheit fehlt. Unmöglich kann das ein Sieg der Freiheit sein, wenn eine alternde Jungfrau, von einem jungen Manne verschmäht, Liebe mit Gewalt und Dolch erzwingen will, und da es ihr nicht gelingt, endlich ins Wasser springt. Wo ist hier irgend eine sittliche Freiheit des Willens? Geht hier die Göttlichkeit der Tugend bewährt aus dem Kampfe? Die Handlung der Sappho hat, was auch darüber geschrieben worden ist, keine tragische Würde und streift bei der Dar= stellung (ohne Verschulden der Schauspieler) öfters sogar ins Lächerliche."

Konnte solch kritischer Gallimathias Grillparzers er= schütterte Achtung vor der Kritik aufrichten? Es kam noch üblere Erfahrung dazu: Müllner, der damalige kritische Rha= damanthus, hatte das Manuskript der Sappho gelesen und außerordentlich gelobt, nur hatte er den albernen Rat erteilt, den ersten Akt wegzulassen. Da Grillparzer das nicht ge= than, so brach Müllner nun öffentlich den Stab über das ganze Stück.

Von all diesen Angriffen wurde aber Grillparzer dies= mal wenig berührt. Der allgemeine Ausdruck über seine Sappho war so sehr ein bewundernder, daß er ihn nicht ver= kennen konnte. Sogar Geld regnete es zur Sappho: der kaufmännische Verein spendete dem Poeten einen Tausend= guldenschein Nominalwertes. Frau Schröder führte das Stück im Triumphe über fremde Bühnen, und als man in Graz ihre Darstellung höchlichst auszeichnete, da rief sie: „Nein, nicht mir gebührt die Ehre, sondern dem jungen vortrefflichen Dichter, welchem ein goldener Lorbeer zu weihen ist."

Und was die Hauptsache ist: ihm, dem immer Zweifeln= den, immer mit sich Unzufriedenen, ihm gefiel sein Stück,

ihn entzückte seine Sappho. Sie ist auch immer sein Lieblings=
stück geblieben, während er an seinen anderen immer viel aus=
zusetzen fand, ja er hat sich an den Schreibtisch gesetzt, um
es nochmals im einzelnen zu betrachten und zu rechtfertigen.
Dieser Aufsatz lautet wie folgt:

„Als ich die Sappho schrieb, hatte ich im Grunde eine
doppelte Absicht. Erstens lebte der Stoff wirklich in mir
und forderte mich auf, ihn nach außen hinzustellen; zweitens
aber wollte ich mir dabei selbst eine Aufgabe machen. Ich
konnte mir nicht verhehlen, daß dasjenige, was der Ahn=
frau den meisten Effekt verschafft, rohe, rein subjektive Aus=
brüche, daß es immer mehr die Empfindungen des Dichters
als die der handelnden Personen gewesen waren, was die
Zuschauer mit in den wirbelnden Tanz gezogen hatte, in dem
zuletzt alles sich herumdrehte und der Ballettmeister nach weg=
geworfenem Taktmesser auch. — Ich nahm mir vor, mein
nächstes Produkt ein Gegenstück dieses tollen Treibens werden
zu lassen, und suchte daher mit absichtlicher Vermeidung effekt=
reicherer, seit lange vorbereiteter Stoffe nach einem solchen,
der es mir möglich machte, mich von den handelnden Personen
zu trennen und in der Behandlung eine Ruhe walten zu
lassen, die mir des Strebens um so würdiger schien, je fremder
sie meiner Individualität ist, und je mehr ich daher verzweifelte,
sie je zu erreichen. Ich verfiel auf Sappho, ein Stoff, dessen
hervorragende Punkte mich schon in der frühesten Zeit ange=
zogen hatten. Ein Charakter, der Sammelplatz glühender
Leidenschaften, über die aber eine erworbene Ruhe, die
schöne Frucht höherer Geistesbildung, das Zepter führt, bis
die angeschmiedeten Sklaven die Ketten brechen und dastehen
und Wut schnauben, schien mir für meine Absicht ganz ge=
eignet. Dazu gesellte sich, sobald das Wort: Dichterin aus=
gesprochen war, natürlich der Kontrast zwischen Kunst und
Leben (wenn die Ahnfrau unwillkürlich gewissermaßen eine

Paraphrase des berüchtigten b'Alembert'schen malheur d'être geworden ist, so dürfte wohl die Sappho ein in eben dem Sinne wahres malheur d'être poète in sich fassen). Mit einem Worte, der Gedanke ergriff mich mit all seinen Beziehungen, und ich war, als ich zur Ausführung ging, vielleicht begeisterter als je in meinem Leben. Aber ich glaubte, mich zurückhalten zu müssen. Ich habe die beiden ersten Akte und die erste Hälfte des dritten, obschon bei voller Wärme des Gemüts mit einer Besonnenheit, mit einer Berechnung der kleinsten Triebfedern geschrieben, die mir Freude machen würde, selbst wenn ihre Frucht mißglückt wäre, bloß durch das Bewußtsein, daß ich ihrer fähig bin. Es stand übrigens schon vom Anfange her zu befürchten, daß diese durch ein wirkliches Heraustreten aus mir selbst bewirkte Stimmung bei der krankhaften Reizbarkeit meines Wesens von keiner gar langen Dauer sein würde, und diese Besorgnis ward, durch äußere Umstände beschleunigt, gegen das Ende des dritten Aktes wirklich. Ich wurde nämlich krank und mußte mit der Arbeit aussetzen. Als ich wieder daran ging, war meine Stimmung und mit ihr mein ganzer Ideengang verändert. Gerade auf den Punkt, wo ich stehen geblieben, fiel der von vornherein beabsichtigte Wendepunkt in Sapphos Handlungsweise. Ich konnte nicht dazu gelangen, den Faden genau da wieder aufzunehmen, wo ich ihn fallen gelassen, und der vierte Akt kam dadurch in einen ziemlichen Kontrast mit den früheren. Die Schlußscene des dritten Aktes und der größte Teil des fünften war mir schon beim Anfange zu deutlich, als daß meine veränderte Gemütslage darauf einen sehr wesentlichen Einfluß hätte nehmen können.

„Das ist in kurzem die Geschichte des minder lebhaften Tons der ersten Akte, der mir in der Freude meines Herzens (wenigstens in Beziehung auf mich, auf die Entwickelung meiner Anlage) beinahe wie ein errungener Sieg vorkam.

Ich sah sehr wohl den Kontrast ein, in dem die beiden Hälften
des Stücks gegeneinander standen, aber ich war immer bereit,
die Partie der ersten Hälfte gegen die letzte zu nehmen. Daß
die beiden ersten Akte nicht genug Beweglichkeit, ja der erste
selbst nur wenig eigentlich dramatisches Leben habe (insoferne
dieses im Gegensatz der Lyra darin besteht, daß die Gesinnung
nur als Substrat der Handlung erscheinen darf), mußte ich
mir selbst gestehen, aber — der Meister schafft, der Schüler
löst Aufgaben. Mich hat überhaupt von jeher bei jeder
eigenen Hervorbringung weniger das Produkt als die Kraft=
äußerung interessiert.

„Aber selbst in dramatischer Beziehung läßt sich, wie mir
dünkt, manches zu gunsten der Art sagen, auf welche die ersten
Akte behandelt sind. Wenn die Idee, deren Versinnlichung
ich mir vorgenommen hatte, gehörig herausgehoben werden,
wenn das Ende Sapphos all den Eindruck machen sollte, den
ich mir vorgesetzt hatte, so mußte ihr erstes Auftreten in der
Fülle aller inneren und äußeren Bedingungen geschehen, welche
das Glück des Menschen sonst begründen. Daher der Triumph=
zug, daher der Jubel des Volks, daher diese gesättigte Ruhe,
mit der sie auftritt. Auf diese Höhe hat sie die Bildung
ihres Geistes, die Kunst, gestellt. Sie wagt einen Wunsch an
das Leben, und ist verloren. Weiter! Sappho ist Dichterin.
Daß dies hervorgehoben werde, ist durchaus nötig, die Wahr=
scheinlichkeit der Katastrophe hängt, wie ich glaube, wesentlich
davon ab. Ein Meister hätte vielleicht verstanden, Sapphon
selbst im Sturme der Leidenschaften die Farbe, die die Dicht=
kunst ihrem Charakter gab, sichtbar zu machen, die mit
unter die erregenden Kräfte des Sturmes selber gehört. Die
Dichtungsgabe ist kein in der gewöhnlichen Menschennatur
liegendes Ressort, sie mußte daher herausgehoben werden.
Ferner, Sappho ist in der Katastrophe ein verliebtes, eifer=
süchtiges, in der Leidenschaft sich vergessendes Weib, ein Weib,

das einen jüngeren Mann liebt. In der gewöhnlichen
Welt ist ein solches Weib ein ekelhafter Gegenstand. War
es nicht durchaus notwendig, sie noch vor dem Sturme der
Leidenschaften so zu zeigen, wie sie in ihrem gewöhnlichen
Zustande war, damit der Zuschauer die Arme bemitleide, statt
sie zu verabscheuen?

„Wenn es mir gelungen ist, den Zuschauer, so sehr er
in der Mitte des Stücks geneigt sein muß, die Partie des
unschuldigen Paares zu nehmen, dennoch mit seinem Inter=
esse auf Sapphon festzuhalten, so gebührt ein Teil des Ver=
dienstes allerst auch dem ersten Akte. Wie ermüdend lange
braucht es, bis in Sappho die Eifersucht Oberhand gewinnt!
Das Ermüdende daran ist offenbar meine Schuld; daß es
lange braucht, bis der Widerstand ihres Geistes gebrochen
wird, dünkt mich gut.

„Ferner, Phaon und Melitta haben die Partie des
Lebens. Es lag in meinem Plane, nicht die Mißgunst, das
Ankämpfen des Lebens gegen die Kunst zu schildern, wie in
Correggio oder Tasso, sondern die natürliche Scheidewand,
die zwischen beiden befestigt ist. Ja, selbst aus dramatischen
Gründen mußten Phaon und Melitta rein gehalten werden;
das konnte nur geschehen, wenn sie über ihre Empfindungen
gegen Sappho und gegen sich so lange ohne Klarheit blieben,
bis ihre Empfindungen eine Stärke erreicht hatten, die bei
nicht außergewöhnlichen Menschen ein Vergessen höherer Rück=
sichten verzeihlich macht, bis Sapphos Eifersucht, die in ihrer
Ueberlegenheit zuerst zur Klarheit kommt, durch verletzende
Einwirkung den Trotz Phaons zum Auflehnen bringt und
ihn durch die Menschen so gewöhnliche Verwechselung glauben
macht, weil er Sapphon unrecht thun sieht, sie sei von jeher
gegen ihn im Unrecht gewesen.

„Phaon kämpft eigentlich noch nicht, als er auftritt, er
ahnt noch nicht, daß die sonderbaren Gefühle seiner Brust je

zu einem Kampfe führen könnten. Von Sapphos Ruhm be=
geistert, wirft er sich in ihre Arme. Der Beifall des Volkes
in Olympia, die Reise an ihrer Seite ein fortgesetzter Triumph=
zug, erhalten ihn im Traume. Nur in Minuten der Einsam=
keit fühlt er etwas in sich, das er, weit entfernt es auf den
Gegenstand seiner Liebe zu beziehen, auf seine Liebe selbst,
auf einen Mangel an Gefühl, an Sinn für wahre Seelen=
reinheit schiebt. Der Jubel des Empfanges in Lesbos regt
seine Phantasie von neuem auf. Sie macht ihren letzten
effort in der dritten Scene des ersten Aktes, wo — absichtlich
— auch nicht ein Zug vorkommt, der auf eigentliche Liebe
schließen läßt, obschon er darin begeistert genug ist, um
Sapphos Träume wach zu erhalten. Selbst als er Melitten
schon geküßt hat, ist ihm seine neue Leidenschaft noch nicht
klar, erst Sapphos Aeußerung bei der Erzählung seines
Traumes hellt ihn auf, und seine Liebe tritt heraus, als er
Melitten vor Sapphos Dolche schützt.

„Ein gleiches gilt von Melitten. Die vorletzte Scene des
ersten Aktes ist vielleicht die mäßigste von allen. Ich wollte
jedoch hier, nachdem sich Phaon in der vorigen Scene aus=
gesprochen, auch Sapphos Erwartung und Besorgnis über
ihr Verhältnis laut werden lassen, und durch die Art, auf
welche Sappho, obgleich poetisierend, ihre Stellung gegen
Phaon mit Bangigkeit betrachtet, auf den folgenden Ausbau
vorbereiten. Auch dünkte es mich gut, den Kontrast zwischen
Sappho und Melitta deutlich hinzustellen.

„Ob der unglückliche, weinbegoßne Estrich — der wohl
füglich hätte wegbleiben können, wenn ich was Besseres da=
für gewußt hätte — eine eigene Motivierung durch den
Scherz über das Niederschlagen der Augen verdient, weiß ich
nicht. Der Schlußmonolog des ersten Aktes könnte leicht
mehr dramatisches Leben haben, aber ich konnte der Ver=
suchung nicht widerstehen, die zweite der beiden übrig ge=

bliebenen Oden, die mir zu passen schien, in dem Stück, das
ihren Namen führt, aufzunehmen, damit man mir doch nicht
sagen könnte, es sei gar nichts von ihrem Geiste darin.

„Die Scene an der Tafel während des Zwischenaktes
hat die Liebe noch nicht in Melitten erregt. Sie diente nur
dazu, die Aufmerksamkeit des jungen Paares aufeinander
rege zu machen und sie in jenen Zustand des Berührtseins
zu bringen, das der Liebe den Weg bereitet. Darum machte
ich mir auch keine Skrupel, die Scene dazu hinter den Vor-
hang zu verlegen. Auch reizt er die sanfte Melitta gegen
die verletzende Gebieterin, was für die Folge nicht ohne
Nutzen ist. Melitta ist bei ihrem Auftreten im zweiten Akte
in jenem dumpfen Staunen, das (um mich so auszudrücken)
der Dunstkreis der Leidenschaft erregt, ehe ihr eigentlicher
Körper uns berührt. Sie denkt nicht an die Liebe. Das
Gespräch mit Phaon, der Kuß, den er ihr gibt, ist der Pfeil
des Liebespaktes, und man muß so unschuldig, ja geistes-
arm sein als Melitta, um noch nicht zu merken, woran
man ist. Ich wage es kaum zu gestehen, daß ich mir auf
den zweiten Akt etwas eingebildet habe.‟

4.

Getragen von dieser Sapphoströmung wählte er nun
einen bunten Stoff aus einer Voltaireschen Erzählung, um
ein breit eingeschobenes Traumleben auf die Bühne zu bringen
und in so eigentümlich theatralischer Fassung die Entwickelung eines jungen Menschenlebens darzustellen. „Des Lebens
Schattenbild‟ war der erste Titel, dann aber wurde es „Der
Traum ein Leben‟ genannt.

Er kam aber nicht über den ersten Akt hinaus, weil plötzlich dasselbe Thema im Theater an der Wien aufgeführt wurde. Es hieß: „Schlummere, träume, erkenne", Märchen in fünf Aufzügen von van der Velde. Das Thema war sehr ungenügend entwickelt, und das Stück konnte im Repertoire nicht bestehen. Aber der Stoff war dadurch befleckt, und Grillparzer ließ ihn liegen.

Er hatte ihn während des Mais und Junis 1818 in Baden angefangen, wohin er seiner kranken Mutter wegen gegangen war. Sie sollte die dortigen Bäder gebrauchen, und dort brachte ihm der zufällige Blick in Heberichs mytho= logisches Lexikon die Sage der Medea vor die Augen. Da= durch wurde plötzlich der Plan des Goldenen Vließes in ihm entzündet.

Mit allen Kräften dichtete er sich den Ausbau einer breiten Trilogie in die Höhe, regte sich aber dadurch so auf, daß er nervenkrank wurde und einer Badekur bedurfte. Man schickte ihn nach Gastein, und dorthin ist er am 26. Juli ge= reist. Die Kur hat ihn geheilt, und wir sehen ihn später mit Vorliebe dahin zurückkehren. Das erste Mal war er in Gesellschaft des Bischofs Ladislaus Pyrker, eines ehrgeizigen Dichtungsdilettanten, gereist. Grillparzer hat ihm eines seiner Epigramme gewidmet:

„Den Bischof und den Dichter vergleich' ich ohne Müh';
So ein als anderer dichtet, auf Glauben rechnen sie.
Doch glaubt man nicht dem Bischof, so bleibt ihm doch sein Amt,
Der ungeglaubte Dichter ist darum schon verdammt."

Gestärkt kehrte er nach Wien zurück und ging nun mit allen Kräften und in der glücklichsten Stimmung an die große Aufgabe des „Goldenen Vließes". Aber als er bis in die Hälfte der zweiten Abteilung (der Argonauten) gelangt war, trat eine Störung ein, welche er selbst verhängnis=

voll nennt. Jede Unterbrechung einer poetischen Arbeit war für ihn gefährlich, weil er immer nur in gehobener Stimmung schrieb und, einmal aus dieser Stimmung geworfen, später unfähig war, sich wieder ganz in dieselbe zu versetzen. Und diesmal war die Störung tief erschreckend. Seine kränkelnde Mutter war in Baden nicht geheilt worden, ja ihre Krankheit war bis zur Geistesverwirrung gestiegen, und in einer Nacht von der Magd geweckt, findet er sie hoch aufgerichtet im oder am Bette tot.

Die allgemeine Meinung in Wien war und ist heute noch, daß sie sich im Irrsinn erhängt habe. Grillparzer gibt einen Schlagfluß an als Ursache des Todes. Es bleibt dahingestellt, ob er aus Zartgefühl die peinliche Thatsache verschwiegen oder ob er recht hat neben der allgemeinen Meinung.

Nun war es vorbei mit der Fortsetzung des Goldenen Bließes. Seine Gesundheit war durch den schrecklichen Eindruck tief erschüttert, und die Aerzte rieten bringend zu einer Reise.

Der Zufall brachte ihm einen vornehmen Gefährten zur Reise nach Italien. Er hat sie ausführlich in der Selbstbiographie geschildert. Der vornehme Gefährte, ein Graf Wurmbrand, war ein offizieller Begleiter des kaiserlichen Hofes, welcher Italien besuchte, und Grillparzers intimer Verkehr mit diesem Grafen erzeugte das Gerücht, Grillparzer wäre Sekretär der Kaiserin geworden. Obwohl unrichtig, war doch dieser Ruf ganz dazu angethan, den Neid und die Feindschaft in der höheren Beamtenwelt neuerdings gegen ihn aufzuregen, und er hat denn auch nach seiner Rückkehr bitterlich darunter zu leiden gehabt.

Nur Graf Stadion bleibt ihm treu und bewilligt ihm einen dreimonatlichen Urlaub. Während desselben wird der dritte Teil des Bließes (die Medea) Ende Januar 1820 vollendet.

Die Einreichung beim Burgtheater fand später statt, und Schrehvogel als Theatermann war nicht ohne Besorgnis, ob ein so weit ausgedehntes Stück, eine Trilogie frembartigen Themas, einen vollständigen Theatererfolg finden könne. Man begann denn die Vorbereitungen für die nächste Saison. Grillparzer selbst ging im Sommer wieder nach Gastein und geriet wegen Ueberschreitung des Urlaubs mit seiner Oberbehörde in das ärgerlichste Verhältnis. Man ließ ihn alle bureaukratische Schärfe fühlen und forderte ihn perempto= risch auf, die Ueberschreitung des Urlaubs zu rechtfertigen und binnen drei Tagen bei sonstiger Sperrung des Abjutums seine Dienstleistung anzutreten. Selbst der Minister Stadion konnte ihn nicht schützen vor solchen Plackereien, weil er die Abministration unabhängig gestellt hatte von seiner ministe= riellen Macht.

Grillparzer, ohnehin schon unzufrieden mit seiner Aus= führung des Goldenen Vließes, geriet daburch in die übelste Laune und hat bis zur Aufführung der Trilogie den Rest des Jahres 1820 in größerer Zerstreutheit zugebracht, als es sonst seine Weise war. Die Entwickelung einer Liebschaft scheint ihn am lebhaftesten beschäftigt zu haben. Er war in diesem Betracht überhaupt kein Heiliger. Er besaß eine stark sinnliche Natur, welche sich wohl nie zu Ausschweifungen hin= reißen ließ, im Falle entgegenkommender Neigung aber nicht unzugänglich war.

Wer ihn nur in seinen alten Tagen gekannt mit seinem harten, fast unschönen Antlitz, der hat nicht leicht daran ge= dacht, daß ihm die Frauen gern entgegengekommen wären. Nur sein wunderschönes Auge ließ sein herbes Gesicht ver= gessen. Es ist aber in der ersten Hälfte seines Lebens sein Aussehen ein ganz anderes gewesen. Eine Notiz von ihm selbst in einem Tagebuche ist dafür bezeichnend: er bemerkt einmal vor dem Spiegel, daß er ja garstig geworden sei, und

eine Schilderung seines Aeußern, welche sich in den Denk=
würdigkeiten der Karoline Pichler findet, stimmt damit überein,
daß er sich mit den Jahren sehr verändert hat. Karoline
Pichler sagt von ihm: „Grillparzer war nicht hübsch zu nennen,
aber eine schlanke Gestalt von mehr als Mittelgröße, schöne
blaue Augen, die über die blassen Züge den Ausdruck von
Geistestiefe und Güte verbreiteten, und eine Fülle von dunkel=
blonden Locken machten ihn zu einer Erscheinung, die man
gewiß nicht so leicht vergaß, wenn man auch ihren Namen
nicht kannte, wenn auch der Reichtum eines höchst gebildeten
Geistes und eines edlen Gemüts sich nicht so deutlich in allem,
was er that und sprach, gezeigt hätte. Dieser Eindruck war
allgemein in der kleinen Gesellschaft — die Einfachheit und
Herzlichkeit des Wesens gewann ihm unser aller Achtung und
Zuneigung."

Hierbei muß des merkwürdigen Vorfalls gedacht werden,
daß ein junges schönes Mädchen, welches in der Blüte der
Jugend starb, in einer testamentartigen Schrift Eltern und
Bruder feierlichst auffordert, sich Grillparzers wohlthuend an=
zunehmen. Sie habe ihn geliebt, obwohl sie es nie ausge=
sprochen, und er sich ihr nie genähert habe. Sie war die
Tochter eines höheren Beamten, eines Norddeutschen, der
einer Gesandtschaft zugeteilt war.

Jetzt, im Jahre 1820, war es eine schöne Frau, Char=
lotte P. geheißen, welche ihm entgegengekommen war, und
über welche sich Notizen in den Tagebüchern finden. Eine
solche Notiz sagt einfach, daß dies Verhältnis seine bis dahin
platonische Natur verändert habe.

Dieser Umgang beschäftigte ihn noch, als es endlich zur
Rollenverteilung und zu den Proben des Goldenen Vließes
kam. Am 25. und 26. Januar 1821 fand die erste Auf=
führung statt, und der Erfolg war zwar ehrenvoll, aber er
blieb zurück hinter den Erwartungen, welche man einem neuen

Werke des Sapphodichters entgegengebracht hatte, es war ein sogenannter succès d'estime.

Das ist ein Rückschlag im Leben Grillparzers geworden, den alle Welt übertrieben hat, in erster Linie der Dichter selbst.

Immer und immer kommt er darauf zurück, daß ihn die Störung mitten in der Arbeit unfähig gemacht habe, den ganzen Inhalt, die ganze Stimmung wieder zu finden, und daß deshalb die zweite Hälfte schwächer geraten sei. Das mag ja richtig sein, aber wem man davon nichts sagt, der findet, daß diese Trilogie eine mächtige dichterische Leistung ist, ja daß gerade das Schlußstück große Wirkung übt und der Frau Schröder noch mehr als die Sappho Gelegenheit dargeboten hat, auf allen deutschen Theatern Triumphe zu feiern. Von einem so fern abliegenden Thema aber wie diesem kolchischen, welches noch dazu zwei Theaterabende in Anspruch nahm, einen sogenannten durchschlagenden Erfolg zu erwarten, das war eben thöricht. Der litterarische Wert stand im Vordergrund, und wenn neben ihm ein Ehrenerfolg von der Bühne herab gewonnen wurde, so war dies ruhmvoll genug.

Grillparzer hat einmal ganz richtig geäußert, daß der Begriff des Goldenen Vließes wohl die größte Schwierigkeit eines populären Erfolges sei. Was bedeutet goldenes Vließ für die Mehrzahl? Etwas Unklares, jedenfalls nichts, was ohne weiteres die Teilnahme weckt.

Der hypochondrische Zug in seinem Naturell hat denn auch das, was in dieser Dichtung fehlte, nie aus den Augen gelassen und immer dazu benützt, sich selbst zu peinigen. Wien trug aber damals auch redlich dazu bei, seine Selbst= peinigung zu rechtfertigen. Während er in Italien gewesen war, hatte man dafür gesorgt, daß er in einer ihm zustehenden Beförderung übergangen worden war, und jetzt brachen von

allen Seiten die Feindseligkeiten gegen ihn immer greller
hervor, da sich ja in dem beschränkten Erfolge des Goldenen
Vließes enthüllt hätte, es sei dieser verwöhnte Dichter durch=
aus nicht allmächtig. Die oben erwähnte Behandlung wegen
einer Urlaubsüberschreitung war selbstredend. Und nun kam
diesen Feinden noch ein unfehlbar wirksames Mittel zu Hilfe, die
Anklage wegen ketzerischer Gefährlichkeit Grillparzers. Er hatte
in einem großen Gedichte „campo vaccino" die großen Bilder
klassischer Vergangenheit im Kolosseum geschildert und das
eingeschobene Bild des Kreuzes als unpassend erwähnt:

> Thu' es weg, das heil'ge Zeichen,
> Alle Welt gehört ja dir,
> Ueb'rall, nur bei diesen Leichen,
> Ueb'rall stehe, nur nicht hier.

Das Gedicht war in der „Aglaja" abgedruckt und auch
nach München an den Hof gesendet worden. Ein bayrischer
Prinz hatte obigen Vers sakrileg befunden und darüber
Beschwerde erhoben am Wiener Hofe. So war die An=
klage auf frivoles Ketzertum Grillparzers entstanden, welche
in den höchsten Kreisen mit vollem Nachdruck erhoben wurde.
Das war im damaligen Wien von großer Bedeutung,
denn die Zeiten der Toleranz, welche Kaiser Joseph ge=
bracht, waren unter Kaiser Leopold verleugnet, unter Kaiser
Franz verurteilt. Grillparzer, ohnehin schon als Josephiner
verdächtigt, erschien nun im tiefsten Schatten eines gott=
losen Menschen, und der Verweis von seiten des Polizei=
ministers lautet: weil er als Christ kein solches Gedicht hätte
machen sollen, weil er als k. k. Pensionär sich hätte in acht
nehmen sollen, und weil er die Gnade gehabt, im Gefolge
des Kaisers in Italien zu reisen.

Grillparzer war wie geächtet, und dieser Zustand,
welchen man ihn ringsum fühlen ließ, quälte ihn so, daß er

ganz und gar aus dem Amte ausscheiden wollte, obwohl ihn
dies Amt in die Nähe Stadions und in bessere Verhältnisse
gebracht hatte. Stadion aber verwarf diesen Gedanken des
Ausscheidens nachdrücklich, die nachteilige Lage eines Dichters
schildernd, welcher in Oesterreich ohne Vermögen durch Dich=
tung allein seinen Lebensunterhalt erwerben wolle.

Unzufrieden mit sich und seinem Schicksale scheint er die
ersten Monate des Jahres 1821 unthätig dahin gelebt zu
haben. In dieser Mißstimmung hat er damals auch seine
geliebte Charlotte verlassen, und auch darüber hat er sich
wieder Vorwürfe gemacht. In seinen Tagebüchern klagt er
sich an, daß seine Liebesneigung ein äußerst gebrechliches
Ding sei. Es drängten sich ihm stets Bemerkungen auf,
daß Schönheit und Reiz, welche ihn anfangs gelockt, eine
Veränderung erlitten habe, und mit diesen Bemerkungen
erkalte auch sofort seine Neigung.

Charlotte selbst hat offenbar treuer an ihm gehangen,
denn wir finden später die Schilderung eines Besuchs, welchen
Grillparzer ihr macht, als sie erkrankt darniederliegt. Sie
erinnert ihn an die glückliche Zeit und beklagt den Verlust
seiner Liebe; Grillparzer aber verhält sich schweigend, und
als sie bald darauf stirbt, muß er sich eingestehn, daß sein
schmerzlicher Eindruck ein geringer sei. Er macht sich Vor=
würfe, daß sein Herz keine wärmere Empfindung bereit habe,
er kann aber nur diesen Mangel beklagen, und ihn nicht
ändern.

Das Liebesglück war ihm nach dem Bruche mit Charlotte
anderswo nahe getreten. In einem Konzerte singen und
spielen zwei Schwestern Fröhlich in ausgezeichneter Weise,
und die dritte Schwester sitzt als Zuhörerin da. Sie heißt
Katharina und ist sehr schön. Grillparzer bemerkt die Schön=
heit nicht augenblicklich, wohl aber allmählich. Er nähert sich
ihr und wird von ihr mit Preisen seiner Dichterkraft begrüßt,

was ihm eigentlich nicht gefällt. Aber die Bekanntschaft ist gemacht, und die Fortsetzung derselben ergibt das Liebes= verhältnis, welches sein ganzes Leben durchzieht, welches ein Rätsel wird für die Welt, weil es zu keiner Ehe führt, und über welches wir aufklärende Aeußerungen in Grillparzers Tagebüchern finden werden.

Diese Tagebücher sind zumeist kleine Hefte in Oktavform, in welche er auf schlechtem Papier mit kleiner Schrift seine täglichen Gedanken eingeschrieben hat. Eine Zeitlang, dann brechen sie wieder ab. Er hält es immer wieder für ratsam, ein Tagebuch zu führen, aber er gibt es oft wieder auf.

Angefeindet und litterarisch verstört, scheint es jetzt, als ob er der Dichtung ganz den Rücken gewendet habe. Graf Stadion war als freisinniger Mann unberührt geblieben von den politischen wie religiösen Verdächtigungen, welche den Dichter hetzten, und er hatte ihn als seinen Sekretär ganz in seine Nähe gezogen. Man kommt fast auf den Gedanken, daß Grillparzer wirklich in einen politischen Beruf eintreten könne und werde. Es wird sogar eine kleine Staatsschrift finanzieller Art von ihm erwähnt, „Kauf auf Zeit in Staats= papieren" ist ihr Titel. Aber sein eigensinnig dichterisches Naturell widersprach doch bald dieser Richtung. Er hatte als Sekretär während des Sommers den Minister aufs Land zu begleiten und dort an dem geselligen Verkehr der vornehmen Familie teilzunehmen. Das langweilte ihn, und langweilte ihn bald so, daß er zurücktrat und einem Kollegen die wert= volle Begleitung des Ministers überließ.

Das muß man doch argen Eigensinn und arge Hingebung an Bequemlichkeit nennen. Seine steten Klagen über Nicht= beförderung werden hierdurch abgeschwächt. Wenn man die unmittelbare Nähe des wohlwollenden Ministers aus bloßer Bequemlichkeit aufgibt, dann verliert man auch das Recht, sich über Mangel an Beförderung zu beklagen.

Er war eben ein Dichter, der sich lieber eine Wohnung in Hietzing mietete, sich ein Reitpferd hielt und täglich nach Döbling hinüberritt, wo Katharina Fröhlich bei Bekannten wohnte. Aus dem öffentlichen litterarischen Leben schien er ganz auszuscheiden.

Das schien jedoch nur so, denn er sammelte in der Stille Material für ein neues Drama, und zwar Material in großer Ausdehnung. König Ottokars Glück und Ende wollte er dramatisieren. Er sammelte mit großer Emsigkeit, er studierte mit unermüdlicher Ausdauer alle geschichtlichen Quellen, insbesondere die Reimchronik Ottokars von Horneck. Ein Drama vaterländischer Geschichte sollte es werden, obwohl ihm eigentlich das geschichtliche Drama nicht zusagte, weil es seinen Drang der Inspiration einengte. Aber jetzt nach dem Goldenen Vließ schien es ihm eine Rettung aus den weiten Räumen des Vließes, die er nicht ausgefüllt hätte, eine Rettung in engere Form, die er beherrschen könne. Dazu das Konterfei Napoleons, welches ihm vorschwebte für den Ottokar!

Und so geschah es; das Stück entstand, es wurde fertig, wurde Schreyvogel übergeben, wurde zur Aufführung angenommen, wurde zur Censur eingereicht.

Merkwürdigerweise verschwand es bei der Censur, verschwand für alle Welt, als ob es in einen Abgrund gefallen wäre. Schreyvogel fragte nach und fragte nach, er erhielt nur ausweichenden Bescheid. Monat auf Monat verging, und endlich gestand man zu, daß man nicht wisse, wo das Manuskript hingekommen sei; es blieb verschwunden.

Der Gedanke liegt nahe, daß ein Böhme die Schuld daran trage. Damals nannte man auch die Czechen nur Böhmen. Es waren aber zahlreiche Böhmen in allen Aemtern, in hohen wie niedrigen, und ein solcher mochte den Nationalhelden Ottokar vom Theater fern halten wollen, weil derselbe nicht so tadellos heroisch dargestellt sei, wie es der Nationalkultus verlange, und namentlich weil er auf dem Marchfelde dem Rudolf von Habsburg unterlegen sei.

Grillparzer erzählt in seiner Selbstbiographie diesen Censurroman vollständig, und wie die Lösung des Rätsels nur durch das Einschreiten der Kaiserin herbeigeführt worden. Sie hatte von der Direktion des Burgtheaters ein neues Stück zur Lektüre verlangt, Schreyvogel hatte sofort den Ottokar vorgeschlagen, aber dazu gemeldet, daß dies Stück bei der Censur nicht mehr aufgefunden werde. Als nun im Auftrage der Kaiserin nachgefragt wurde, da fand sich dann doch der Ottokar, und was noch mehr sagen will: er gefiel der Kaiserin ungemein, und sie empfahl das Stück dem Kaiser, ihrem Gemahl. Dieser befahl dann augenblicklich, es aufzuführen.

Am 19. Februar 1825 fand die erste Aufführung statt unter tumultuarischem Zudrange des Publikums, ebenso tumultuarisch war die Aufnahme des Stücks. Das will sagen: es herrschte ein fast wüster Beifall. Ein historisches Stück aus der Geschichte Oesterreichs, im letzten Akte die Schlacht auf dem nahen Marchfelde, Ortsnamen, die jedermann kannte, das alles war überraschend und alarmierend.

Grillparzer selbst ist der Meinung, der Kern des Stücks sei nicht durchgedrungen, der Eindruck sei ein unklarer geblieben.

Das mag auch richtig sein in Bezug auf das Ganze, und das liegt an dem Titelhelden, welchem man im Gegensatze zum deutschen Habsburg keine warme Teilnahme schenkt, und welchen man ohne tragisches Bedauern zu Grunde gehen sieht. Die Teilnahme des Publikums ist in solchem Falle nur eine betrachtende, keine gefühlvolle.

Ich habe diesen Ottokar dreißig Jahre nach dieser ersten Darstellung im Burgtheater und noch später auch im Wiener Stadttheater neu in Scene gesetzt, und es hat sich immer

dasſelbe Reſultat ergeben. Es wird mit großer Aufmerkſam=
keit und vielfach beifällig aufgenommen, ohne daß ein durch=
greifender Erfolg ſichtbar würde. Das Publikum iſt fort=
während intereſſiert durch die Vorzüge des Dramas, durch
die ſtrotzend einherſchreitende Handlung, durch die zahlreichen
höchſt eigenartigen Charaktere. Der erſte Akt, welcher in
ſeinem höher und höher ſteigenden Aufbau nur ſeinesgleichen
hat in dem prachtvollen erſten Akte der Jungfrau von Orleans,
wird mit Enthuſiasmus begrüßt, und das iſt für den Ein=
druck des Ganzen abſchwächend, da die folgenden Akte keine
ſo geſammelte Wirkung bieten. Man ſcheidet aber doch mit
großer Achtung von dem ganzen Stücke und ſieht es nach
einiger Zeit gern wieder, weil es einen großen Reichtum
ausbreitet und in unſrer dramatiſchen Litteratur wenig
Nebenbuhler hat. Mit einem Worte: nur der Held Ottokar,
welchem wir bloß ein geſchichtliches Intereſſe widmen, trägt
die Schuld, daß die große Kompoſition im ganzen ſchwächer
wirkt, als man erwarten ſollte.

Man kam wohl damals in Wien nicht ins Klare über
den Grund des geringeren Eindrucks, und dieſer Unklarheit
wegen bildete ſich kein greifbares Urteil. Theatraliſches Miß=
geſchick kam hinzu: Anſchütz (Ottokar) wurde nach der erſten
Darſtellung heiſer, die erſte Wiederholung ließ acht Tage lang
auf ſich warten, und nach dieſer erſten Wiederholung wieder=
holte ſich auch die Heiſerkeit des Ottokar — das Stück mußte
wieder hinausgeſchoben werden. Solch Schickſal iſt ſonſt gleich=
bedeutend mit dem Untergange eines Stücks. Dieſer trat
nun wohl nicht ein, aber es konnte doch, wie man in der
Theaterſprache ſagt, kein vollſtändiger Zug zuſtande kommen.

Außerdem drohte fortwährend ein Verbot des Stücks
und trat auch ein, weil eben von den höheren böhmiſchen
Beamten dagegen gehetzt wurde. Zahlreiche böhmiſche Stu=
denten lärmten überall dagegen und überſchütteten Grill=

parzer mit Drohbriefen. Die guten Deutschen aber dachten nicht daran, neben diesen verhetzenden Umtrieben böhmischer Nationalen den deutschen Dichter, welcher eine deutsche Sache vertrat, in Schutz zu nehmen. So entstand eine öffentliche Meinung, welche verworren war. Grillparzer erzählt, daß selbst seine Freunde sich sorgfältig enthielten, mit ihm über das Stück zu sprechen.

Sein stattliches Werk wurde ihm in solcher Weise ver= leidet, und er stand da wie gelähmt, kaum imstande, einen Brief an den Polizeiminister zu schreiben, warum denn der patriotische Ottokar verboten werde? Was sollte er denn noch dichten, wenn solch ein reiches vaterländisches Stück von seinen Landsleuten unbeachtet blieb, und er einer deutsch= feindlichen Partei preisgegeben wurde!

Grillparzer ist es denn auch am frühesten klar geworden, daß man mit Verleugnung des Josephinischen Princips den deutschen Staat Oesterreich in Gefahr bringe, und er war immer ein hartnäckiger Widersacher des entstehenden Schwin= dels, welcher eingesprengte nichtdeutsche Stämme zu gebiete= rischen Nationalitäten erheben wollte. In grimmigem Zorn darüber hat er in übertreibender Weise die Verse geschrieben:

> Zu Aesops Zeiten sprachen die Tiere,
> Der Menschen Bildung ward so die ihre.
> Da fiel ihnen mit einem Male ein,
> Die Stammesart sollte das Höchste sein.
> Ich will wieder brummen, sagte der Bär,
> Zu heulen war des Wolfes Begehr,
> Nur wer bellt, schien dem Hunde brav,
> Und blöfen nur wollte das Schaf.
> Da wurden allmählich sie wieder Tiere,
> Und ihre Bildung — der Bestien ihre.

5.

Keine Zerstreuung, keine Neigung brachte ihn über dies vermeintliche Unglück seines Ottokar hinweg. Wohin? Wozu? fragte er sich täglich, und der Kummer über sein unzureichendes Talent verdüsterte ihn mehr und mehr.

Die Zeit nach der Ottokar-Aufführung ist die trübseligste Grillparzers gewesen. Das ist ersichtlich aus einem längeren Tagebuchhefte, welches sich aus dieser Zeit vorfindet. Er klagt über seine Unfähigkeit, zu arbeiten und zu dichten. „In ähnlicher Unfähigkeit" — fährt er fort — „habe ich mich zwar schon öfter befunden, aber das Charakteristische meines gegenwärtigen Zustandes ist, daß, indes ich sonst die Ursache meiner Unthätigkeit in äußeren Umständen suchte und fand, mir jetzt ein inneres entsetzliches Gefühl sagt, es sei mit der Dichtergabe selbst zu Ende. Eine stufenweise Erkaltung der Phantasie läßt sich übrigens in meinen bisherigen Hervorbringungen bestimmt nachweisen. In der Ahnfrau ist sie in voller Glut der Jugend, in der Sappho schon ruhiger geworden, Medea schwankt zwischen zu viel und zu wenig, Ottokar ist ein berechnetes Werk (ja berechnet, bis ins kleinste berechnet, was man auch vom Gegenteile sagen mag), aber die Ausführung bleibt oft zurück. Was wäre der vierte Akt geworden, wenn dem Verfasser noch ein Teil der in der Ahnfrau verschwendeten Mittel zu Gebot gestanden hätte!

„Auf der einen Seite also Abnahme, stufenweises Erlöschen der Herzenswärme, und auch auf der andern durchaus kein Zunehmen von seiten des Denkens und Wollens. Die Phantasie wird nach und nach zum Greise, und der Verstand bleibt ewig Kind, oder Knabe besser zu sagen, denn Kind wäre noch allenfalls zu entschuldigen. Schon in der Zeit,

da ich noch hoffte, in der Poesie etwas Tüchtiges leisten zu
können, und ein vorschneller Wahn mich zu glauben antrieb,
ich könnte mich dereinst an die ersten Dichter der Nation
reihen, schlug das Gefühl einer inneren Insuffizienz, einer
Unbedeutendheit als Mensch jede solche Hoffnung nieder.

„Hätte ich nur den Mut, mir selbst treu zu sein, den
unnennbaren Schmerz eines verfehlten Daseins in mir fort=
walten zu lassen, bis er entweder das Dasein selbst verzehrt
oder in höchster Steigerung ein Höheres hervorruft. Aber
eine thörichte Eitelkeit, eine übel angebrachte falsche Scham
zwingt mir bei jeder Berührung mit Menschen eine gewisse
Lustigkeit auf, die mich nicht froh macht, die mir nicht von
Herzen geht, aber für mich das einzige Mittel ist, mit Menschen
zu kommunizieren. Ich muß Scherz treiben oder ganz schweigen
und meine innere Seelenmarter, meine Menschenscheu, meinen
langweilend gelangweilten Mißmut zur Schau tragen, und
das mag ich nicht, kann ich nicht, will ich nicht. Allein, fern
von Menschen, so könnte ich mich vielleicht wieder finden und
besitzen."

Recht im Gegensatze hierzu verhält er sich aber: er tritt
in eine Gesellschaft. Es bestand damals in Wien eine lustige
litterarische Gesellschaft, genannt „Lublamshöhle", für welche
er wohl gar nicht paßte, in welche er aber eingetreten war
mit der stillen Hoffnung, sich aufzuheitern. Aber auch sie
brachte ihm Aerger. Ein höherer Polizeibeamter wollte sich
hervorthun durch eine Entdeckung. Sie bestand darin, daß
er die Lublamshöhle eine Verschwörung nannte und den
Ueberfall derselben übernahm. In der Nacht wurde das
Lokal besetzt und durchforscht, bei Schriftstellern aber, welche
dazu gehörten, wurde Haft und lokale Untersuchung durch=
geführt. Dies widerfuhr auch Grillparzer, welcher 24 Stunden
Arrest in seinem Zimmer erleiden mußte.

Ehe ihm diese unsinnige Störung begegnete, schreibt er:

„Ad vocem Scherz treiben: gestern abends die Ludlam be=
sucht. Was man da Spaß macht, wie viel ich gelacht habe,
und immer dabei des marternden Seelenzustandes bewußt!
Als ich mich in berlei Zerstreuung begab, schwebte mir dabei
Goethe, Shakespeare, Mozart vor, alles Menschen, die das
tiefste künstlerische Sinnen und Schaffen mit dem Erfrischenden
einer bewegten, frohen Umgebung zu vereinigen wußten, aber
quod licet Jovi —. Ich sehe wohl, mit derlei compterendus
kommt nicht viel heraus. Und doch will ich sie fortsetzen.
Ich will die Gemeinheit abhalten wie ein Gestrandeter das
Wasser von seinem lecken Schiffe, so lange es geht, und hilft
endlich kein Schöpfen mehr, dann spült mich fort, brausende
Wellen, mein Tagwerk ist gethan.

„So viel ist gewiß: ist einmal der Dichter über Bord,
sende ich ihm den Menschen auch nach.

„26. März. Ich will fortfahren. Dieses Geschreibe wird
mich wohl nicht in die Stimmung bringen, die zu meiner
schöpferischen Arbeit erforderlich ist, es wird mich aber doch
wenigstens à la hauteur des Gedankens erhalten und mich
zwingen, die Gedanken zu fixieren, was bei mir in Stim=
mungen gleich der jetzigen so wenig der Fall ist, daß die Vor=
stellungen mit der Abgerissenheit des Traums aufeinander
folgen, und ihr Entstehen und Verschwinden beinahe alle
Willkür ausschließt. Und dies [ist es eigentlich, was mich
empört, das ist's, was ich unter der Würde eines vernünf=
tigen Wesens finde. Man gebe mir die Fähigkeit wieder,
mich zu vertiefen, und ich will das Vermögen der Darstel=
lung und Ausführung dafür hingeben.

„Aeußere Ursachen, die mir seit der Aufführung Ottokars
(19. Februar 1825) die Arbeit verleidet haben, waren: Miß=
mut über das Nichtdurchgreifen des Stückes, über das Unbe=
achtetbleiben desselben von seiten der Kritik und der Besseren
in Deutschland. Nachwirken des Aergers über die Censur=

kämpfe vor der Aufführung. Ferner die gebrauchte homöo=
pathische Kur gegen mein Halsleiden, die mir den ganzen
Frühling und Sommer raubte. Mein Verhältnis zu Lucien,"
so pflegt er in den Tagebüchern' Kathi Fröhlich zu nennen,
„das sich zum Bruche neigte und mir keine Ruhe ließ. Den
Winter über Daffingers Polizeigeschichte und meine Ver=
wickelung in dieselbe. Endlich mein Körperzustand, der ohne
irgend ein bestimmt ausgesprochenes Uebel auf eine stufenweis
überhandnehmende Abstufung hinweist. Freilich war mein
ganzes bisheriges Leben ein immerwährender Wechsel zwischen
Ueberreiz und Abspannung, letzterer war aber noch in keiner
Periode so stark, so lange dauernd, so sehr mit dem Gefühle
der Hilflosigkeit begleitet als jetzt. Freilich habe ich die Zeit
von meinem 18. bis 25. Jahre in einer ähnlichen Dumpfheit
und Thatlosigkeit zugebracht, damals waren aber auch die
äußeren Umstände danach, und dann — der Henker hole
alles Wissen und Schreiben, wenn dem Innern der Ausbil=
dung als Mensch gar nichts davon zu gute kommt. Auch
war ich damals wohl nach außen hin unthätig, aber äußerst
thätig nach innen. Es war ein eigentlicher Tiefsinn in mir,
eine wahre Grundlage zu großen Dingen.

„Wenn man sich ein so äußerst erregbares Nervensystem
vorstellt, als das meine von Kindheit an war, und bedenkt,
was Baden und Schwimmen im kalten Wasser, z. B. das
Hineinspringen, den Kopf zu unterst, darauf für eine Wirkung
machen kann und muß, so erschrickt man. Stärken, abhärten —
abstumpfen vielleicht. Lord Byron that das zwar auch, und
die Wärme seiner Phantasie litt nicht darunter, aber seine
Körperbeschaffenheit war eine andere, er war von Jugend auf
daran gewöhnt, ich habe erst nach meinem 30. Jahre die
ersten Versuche gemacht, und — wer weiß!

„Diesen Winter über beschäftigten mich nacheinander drei
Stoffe zu Trauerspielen. Anfänglich Libussa. Hier konnte ich

schon den Plan nicht zur Genüge ausbilden. Die Verwicke=
lung war so spitz, so kaltwitzig, daß ich bald alle Lust verlor.
Hierauf kam Hero und Leander an die Reihe. Den Plan
dazu hatte ich schon aus früherer Zeit im Kopfe, und, war
er dunkel geworden, ich brauchte ihn nur aufzufrischen. Es
gelang zum Teile, aber sobald ich die Feder ansetzte und die
Ausbildung der einzelnen Teile dem Verfolgen der Arbeit
vorbehalten wollte, gerieten gleich die ersten Zeilen so kalt,
so leblos. Das was mich eigentlich an den Personen inter=
essierte, kam in der Darstellung so wenig zum Vorschein, daß
ich wieder ablassen mußte. Endlich verfiel ich auf die Ge=
schichte des Palatin Bankbanus, dessen Frau der Bruder seiner
Königin, Otto von Meran, entehrt. Unter dem Titel „Ein
treuer Diener seines Herrn" brachte ich eine ziemlich glückliche
Anlage zustande, die mich sehr interessierte. Nun glaubte ich,
sei alles gewonnen, und ich fing an zu schreiben. Aber es
ging wieder nicht. Das Leben fehlt, sogar die Worte fehlen.
In dem alten Bankbanus war ich ziemlich tief herunter ge=
stiegen, der König und die Königin waren im Reinen. Bank=
banus' Frau konnte in allgemeinen Umrissen sehr gut dem
Eindrucke der Begebenheit überlassen werden. Aber der Prinz
mußte ausgemessen werden, und dazu fehlte die Lust, die
Applikation. Dieser Libertin, der seine Leidenschaften als Spiel=
zeug braucht, bei dem sie aber zugleich so heftig sind, daß sie
viel zur Wahrheit werden und ihn im 3. Akte körperlich krank
machen — diese letzten Worte habe ich hier geschrieben, ohne
ihren Zusammenhang innerlich zu fühlen. Die Tragödie
muß vorderhand also wohl unausgeführt bleiben."

Er kommt alsdann auf die Musik, welche er als junger
Mann wieder aufgenommen, obwohl sie ihm in früher Jugend
durch ungeschicktes Lehren verleidet worden war. Wohl von
seiner Mutter her erwies er sich darin so begabt, daß er ohne
Noten und sonstige Kenntnis auf dem Klavier phantasieren

und sich stundenlang musikalischem Genusse hingeben konnte.
Musik war ihm Poesie ohne Worte. So schreibt er denn jetzt:
„Ein weiteres Abhaltungsmittel von poetischen Hervor=
bringungen in der letzten Zeit war auch das Studium der
Musik und des Kontrapunktes. Ich hatte es um die Zeit,
als der Streit wegen der Aufführung des Ottokar und mein
Mißmut darüber am lebhaftesten war, begonnen, und zwar
hauptsächlich um meine Gedanken von einem Gegenstande
abzuziehen, der mich unaufhörlich marterte, und worüber das
Sinnen und Aergern mich wohl gar krank zu machen drohte.
Zugleich aber hatte ich immer eine große Neigung für dies
Studium gehabt, und es drängte mich, die Grundlage einer
Kunst kennen zu lernen, die in ihrer Wirkung auf mein Ge=
müt immer eine gewaltige Nebenbuhlerin der Poesie war.
Das Mittel wirkte, ich ertrug die Kämpfe mit der Censur, die
Angst der ersten Aufführung. Die Mißverständnisse und ab=
sichtliche Mißdeutung von seiten des Publikums und der Kritik
ertrug ich noch eins so leicht, aber zugleich bemächtigte sich
der Gedanke an jene Tonverhältnisse meines Innern so über=
wiegend, daß ich bald selbst im Traume nur Musik und
Generalbaß trieb. Zwei Eigenschaften, die mir mitunter von
großem Nutzen waren, aber mir noch öfter auch den empfind=
lichsten Schaden gebracht. Diese nämlich: daß in meinem
Kopfe immer nur für einen Gegenstand Raum ist, der alle
übrigen verschlingt, und dann: daß ich etwas einmal mit
festem Entschluß Begonnenes nur mit dem äußersten Wider=
streben fahren lasse. Die erste Eigenschaft meines Wesens
bewirkte, daß die Musik in mir bald das allein Herrschende
war, die zweite, daß, obgleich ich den Schaden bald einsah,
den dieses außerordentliche Studium mir brachte, ich mich doch
nicht entschließen konnte, es aufzugeben, und immer hoffte,
es in meine übrigen Beschäftigungen einschieben zu können,
was aber nie gelang. Ja, aus Furcht, zu sehr davon ein=

genommen zu werden, fing ich an, es lauer zu treiben, und
verlor so die Frucht von einem und dem andern.

„Auf eine so unsinnige Weise habe ich immer mit meinen
Kräften und Anlagen hausgehalten, so wenig hat die Er=
fahrung immer Einfluß auf mich gehabt, und wie ein Knabe
fange ich mit jedem Morgen ein neues Leben an, dessen Re=
sultate dem folgenden Tage nicht zu gute kommen. Ein zucken=
des Verlangen, in allen Fächern unterrichtet zu sein, Aeußeres
und Inneres, Körperliches und Geistiges zu vereinen, läßt
mich eine Menge Dinge unternehmen, die mich zersplittern
und zerstreuen. Ich weiß es und fühle es lebhaft in den
Momenten der Zerknirschung, aber ein durch was immer
zeitweilig hervorgebrachtes Gefühl von Kraft und Präpotenz
ist hinreichend, mich immer wieder von neuem in ähnliche
Bestrebungen zu verwickeln. So habe ich Schwimmen, Fechten
gelernt. Der Gedanke, körperlich schwach, kränklich zu sein,
war mir unerträglich, und ich bedachte nicht, daß nur mein
natürlicher vielleicht derjenige ist, in welchem ich allein im=
stande bin, als Dichter zu leisten, was ich sollte und auch
könnte.“

Zehn Tage später schreibt er: „Nach so langer Zeit
wieder einmal die Feder zur Hand. Gethan nichts, gedacht
nichts; fast hätte ich gesagt, noch weniger, denn wahrlich ich
bin auf dem Punkte, etwas thun zu können, ohne zu denken.
Die Fixierung der Gedanken ist mir in manchen Perioden
eine so unsägliche Pein, daß ich mich um alles in der Welt
nicht dazu entschließen kann. Ist es bloß Trägheit? Zum
Teil gewiß. Ein Brief, den ich empfangen, macht mich un=
glücklich. Ich trage ihn acht Tage uneröffnet in der Tasche,
ich lasse ihn von andern lesen, an Antwort ist nicht zu
denken.

> Schilt mich nicht arbeitsscheu und träge,
> Weil ich zum Werke schwer mich rege;

Dem Manne gleich' ich ganz und gar,
Der Tonnen Goldes schuldig war;
Das Ganze konnt' er ab nicht tragen,
Was sollt' er sich um Groschen plagen!
Auch einen Jäger stell' ich vor,
Mit Kugeln lud er früh sein Rohr
Und geht hinaus durch's tauige Feld,
Dem Hirsche nach sein Trachten stellt.
Der Hase läuft, es fliegt das Huhn,
Er aber läßt die Büchse ruhn;
Stellt nicht den Hirsch sein gutes Glück,
Kehrt ohne Beut' er spät zurück,
Die andern alle schwer beladen.
Warum hat er nicht Schrot geladen?

———

Was je den Menschen schwer gefallen,
Eins ist das Bitterste von allen:
Vermissen, was schon unser war,
Den Kranz verlieren aus dem Haar,
Nachdem man sterben sich gesehn,
Mit seiner eignen Leiche gehn.

„Das vor allem Erforderliche wäre wohl, einen ange=
borenen Hang zur Unthätigkeit zu besiegen. Aber wie? In=
dem man sich zu regelmäßigen Arbeiten zwingt. Zu poetischen
oder anderen Arbeiten? Im ersten Falle ist zu fürchten,
daß die Poesie immer mehr in ein leeres Formenwerk aus=
artet, besonders aber das Gemüt daran endlich gar keinen
Anteil nimmt, was ohnehin schon zu sehr stattfindet und
überhaupt das eigentliche Grundgebrechen ist. Das absicht=
liche Vertiefen in nichtpoetische Arbeiten aber würde mich
von der Poesie endlich ganz abziehen. — Ich liebe solche
Arbeiten nur zu sehr, sie gewähren einen gewissen geschäftigen
Müßiggang, der äußerst wohlthut und nicht fördert. Dies
ist auch die Ursache, warum ich solche Arbeiten vielmehr ganz
entfernt und mich dadurch zu zwingen versucht habe, Gedanken

und Neigung der Dichtkunst zuzuwenden. Lächerlich! Zwingen! Zur Dichtkunst zwingen! — Wohl! Aber thue ich's nicht, so laufe ich Gefahr, wie es schon einmal der Fall war, wieder sieben Jahre (von meinem 18. bis 25. Jahre) ohne die geringste poetische Thätigkeit zuzubringen. Ueberhaupt hat mich nur zu zwei dichterischen Leistungen eine eigentlich innere Nötigung gezogen. Zur Sappho nämlich und zur Medea. Bei beiden war es aber offenbar hauptsächlich die durch den Beifall der vorhergegangenen Stücke geweckte Begeisterung. Mein natürlicher Zustand ist ein mit Zerstreuung abwechselndes verworrenes Brüten. Am liebsten ohne Gegenstand mit hin und wieder aufzuckenden Gedankenblitzen. Hat sich aber auch ein Gegenstand dazu eingestellt, so waltet doch immer wieder die Lust vor, es mit ihm innerlich abzumachen. Sobald ich daher etwas nach außen hinstelle, wird es mir beinahe verhaßt, und ich mag nicht mehr daran denken, so widerlich ist mir die Unähnlichkeit des Ausgeführten mit dem Gedachten. Man glaube nicht, daß ich mir darin zu viel nachgesehen. Ich bin von jeher gegen diese Eigenheiten mit Erbitterung zu Felde gezogen, und vielleicht war es gerade dieses unausgesetzte Kämpfen, was meine innere Natur gestört und mir die Aeußerung noch schwieriger gemacht hat. Gewiß ist mein Gemüt dadurch verdüstert und meine Empfindung abgestumpft worden. Darin liegt gegenwärtig das Hauptübel. Mein Herz ist anteilnahmslos geworden. Mich interessiert kein Mensch, kein Genuß, kein Gedanke, kein Buch. Ich hätte vielleicht versucht, allem ein Ende zu machen, wenn ich es nicht unter diesen Umständen für feig hielte. Soviel aber ist gewiß, daß, wenn alle meine Bemühungen, mich ruhig und thätig zu machen, fruchtlos bleiben, ein unglücklicheres Dasein kaum gedacht werden kann.“

6.

Ohne Einleitung, ohne Uebergang schreibt er im Mai 1826 über sein Liebesverhältnis mit Kathi entscheidende Worte.

Das Verhältnis dauerte schon fünf Jahre; Kathi, 1801 geboren, war jetzt 25 Jahre alt, und man wunderte sich, daß es zu keiner Ehe kam. Zank und Streit, welche häufig zwischen den beiden Liebesleuten herrschten, mußten für Er= klärung hingenommen werden. Sie waren es aber doch nicht allein.

Es waren vier Schwestern Fröhlich, Anna, Barbara, Katharina, Josephine. Barbara war schon verheiratet und hieß Bogner, als Grillparzer bei den drei in Gemeinschaft wohnenden Schwestern Hausfreund wurde. Sie hatte einen Knaben, welcher oft bei den Tanten einkehrte und ein Lieb= ling Grillparzers war. Sie selbst galt für die schönste und begabteste der vier Schwestern, ein excentrisches Naturell, welches sich überall hervorthat in künstlerischer Hervorbringung als Musikerin, wie als Malerin. Der Vater Fröhlich hatte lange Jahre in der Vorstadt Wieden ein Geschäft mit Aus= schwefelung der Weinfässer getrieben und sich in die Stille zurückgezogen, als das Geschäft seine Einträglichkeit verlor. Die Mädchen waren auf eigenen Erwerb angewiesen, und den erreichten sie denn auch reichlich vermittelst ihrer vorzüglichen musikalischen Kenntnisse. Anna und Josephine gaben gut belohnten musikalischen Unterricht, nachdem Josephine die dramatische Laufbahn, welche sie glücklich begonnen, ja doch gern wieder aufgegeben hatte. Nur Katharina nahm nicht teil an diesem Erwerb. Sie war nach der Bogner die schönste, von edlem Wuchse, wohlgebildetem Antlitze, sprechenden dunkeln Augen und mit einem wohlklingenden Organe aus=

gerüstet. Die Absicht lag nahe, sie dem Schauspiele im
Theater zu widmen. Frau Schröder riet bringend dazu, und
Kathi war einverstanden. Grillparzer war dagegen, und es
unterblieb. Es war ihm zuwider, seine Kathi dem wüsten
Verkehr in der Coulissenwelt ausgesetzt zu sehen. Er hat auch
nie Umgang gesucht mit Schauspielerinnen. Doppelt zuwider
war es ihm, weil er höchst eifersüchtig war. Wenigstens zeigte
dies ein Anfall, welchen er als ganz junger Mann erlitten.
Als er nämlich sah, daß seine erwählte Schöne sich von einem
Manne die Cour machen ließ, geriet er in ein heftiges Fieber,
so daß er sich zu Bett legen und tagelang im Bette bleiben
mußte. Eine Antonie, eine Jugendbekanntschaft, war seine
erste Flamme. Dann verliebte er sich in eine Sängerin
Teimer und schrieb das Gedicht „Cherubin". Sie kannte
ihn nicht und war entzückt über das Gedicht, das keinen
Autornamen trug. Nach Jahren erst erfuhr er, daß sie
erklärt hatte, diesem Dichter würde sie ihre Liebe schenken.
Leider erfuhr er das zu spät.

Als seine nächste Liebe nach dem „Cherubin" kommt der
Name Therese in den nachgelassenen Papieren vor, aber ohne
irgend eine nähere Angabe. Desto deutlicher sind die An-
gaben über sein Verhältnis zu Charlotten. Sie war die
Frau eines Freundes von ihm, war bildschön und hat ihn
sehr geliebt, wie die schon erwähnte Scene bestätigt, als sie
auf dem Krankenbette lag. Die Tochter, welche sie geboren,
wurde eine Tochter Grillparzers genannt, vielleicht nur mit
demselben Rechte, wie in Karlsbad dem Goethe eine Tochter
zugeteilt wird.

Er schildert selbst in herben Worten die Treulosigkeit
seines Naturells in der Frauenliebe.

„So war es bei mir immer," schreibt er, „mit dem
was andere Leute Liebe nennen. Von dem Augenblicke an,
als der teilnehmende Gegenstand nicht mehr haarscharf in die

Umriſſe paſſen wollte, die ich bei der erſten Annäherung
vorausſetzend gezogen hatte, warf ihn auch mein Gefühl als
ein Frembartiges ſo unwiderruflich aus, daß meine eigenen
Bemühungen, mich nur in einiger Stellung zu halten, ver-
lorene Mühe waren. Ich habe auf dieſe Art bei Weibern
die Rolle des Betrügers geſpielt, und ich hätte doch jederzeit
mein Alles gegeben, wenn es mir möglich geweſen wäre,
ihnen zu ſein was ſie wünſchten. Ich habe auf dieſe Art
das Unglück von drei Frauenzimmern von ſtarkem Charakter
gemacht. Zwei von ihnen ſind bereits tot. Aber ich habe
nie eine Neigung betrogen, die ich hervorgerufen hätte.
Vielmehr näherte ich mich nie einem Weibe, das nicht vorher
ſich mir genähert. Damit kann ich mich tröſten und damit,
daß ich nie durch fremden Schmerz mein eigenes Wohlbefinden
zu erkaufen geſucht habe, und auch nichts erkauft habe als
eigenen, nur veränderten Schmerz.‟

„Du verlangſt von mir,‟ ſchreibt er an Altmütter,
„ich ſoll ſie dir beſchreiben, die ich liebe? Vor allem: die
ich liebe, ſagſt du? Wollte Gott, ich könnte ſagen ja!
Wollte Gott, mein Weſen wäre fähig dieſes rückſichtsloſen
Hingebens, dieſes Selbſtvergeſſens, dieſes Anſchließens,
dieſes Untergehens in einen geliebten Gegenſtand! Aber
— ich weiß nicht, ſoll ich es höchſte Selbſtheit nennen,
wenn nicht noch ſchlimmer, oder iſt es bloß die Folge eines
unbegrenzten Strebens nach Kunſt und was zur Kunſt gehört, was mir alle andern Dinge aus dem Auge rückt, daß
ich ſie wohl auf Augenblicke ergreifen, nie aber lang feſt-
halten kann. — Mit einem Worte: ich bin der Liebe nicht
fähig. So ſehr mich ein wertes Weſen anziehen mag, ſo
ſteht doch immer noch etwas höher, und die Bewegungen
dieſes Etwas verſchlingen alle andern ſo ganz, daß nach
einem ‚Heute‘ voll der glühendſten Zärtlichkeit leicht — ohne
Zwiſchenraum, ohne beſondere Urſache — ein ‚Morgen‘ denk-

bar ist der fremdesten Kälte, des Vergessens, der Feindseligkeit möchte ich sagen. Ich glaube bemerkt zu haben, daß ich in der Geliebten nur das Bild liebe, das sich meine Phantasie von ihr gemacht hat, so daß mir das Wirkliche zu einem Kunstgebilde wird, das mich durch seine Uebereinstimmung mit meinen Gedanken entzückt, bei der kleinsten Abweichung aber nur um so heftiger zurückstößt. Kann man das Liebe nennen? Bedaure mich und sie, die es wahrlich verdiente, wahrhaft und um ihrer selbst willen geliebt zu werden.

„Das Bewußtsein dieser unglücklichen Eigenheit meines Wesens hat auch bewirkt, daß ich von jeher allen Verbindungen mit Weibern, zu denen mich übrigens mein Physisches ziemlich geneigt macht, nach Möglichkeit ausgewichen bin. Jedesmal aber, daß ich mich einließ, bestätigte sich jene traurige Erfahrung, was um so natürlicher ist, da ich mich gerade zu solchen am meisten oder vielmehr ausschließlich hingezogen fühle, die eigentlich am wenigsten für mich passen: zu denen nämlich von entschiedenen Charakterzügen, die meinem Hang zu psychologischer Forschung und dem stoffumbildenden Dichtersinne in der Idee die meiste Nahrung geben, auf der andern Seite aber durch ihr Sprödes und Abgeschlossenes im Wirklichen jedes Zusammenschmelzen nur noch unmöglicher machen.

„So ging es auch hier. Ich hatte das Mädchen — laß mich sie Lucia nennen —, deren beide ältesten Schwestern mir durch ihren geistvollen Gesang schon lange interessant geworden waren, in den musikalischen Versammlungen, denen sie mit jenen beizuwohnen pflegte, nicht gesehen oder nicht bemerkt, wohl aber vernommen von ihrer außerordentlichen Darstellungsgabe, die sie auf Privatbühnen zeige, so wie ich öfter einen in Jahren ziemlich vorgerückten Mann aus meinen Bekannten mit einer ins Lächerliche gezogenen Leidenschaft für die kaum Neunzehnjährige aufziehen hören mußte. Weder der letztere Beweis, noch — bei meiner Abneigung gegen das

Schauspielerwesen — der erstere waren geeignet, mich auf eine nähere Bekanntschaft besonders begierig zu machen. Endlich bei einem Abendkonzerte erfahre ich durch das spöttische Hinweisen, mit welchem einige Spaßvögel hinter dem Rücken eines Frauenzimmers den erwähnten ältlichen Liebhaber ihr näher zu bringen versuchen, daß diese die vierte jener drei andern sei, die eben durch Ausführung eines schwierigen Gesangstückes rauschenden Beifall einernteten. Das Mäd= chen stand auf und ging zu ihnen, denen sie ihre Freude über den eben beendeten Gesang bezeigte. Auch ich ging hin in gleicher Absicht. Einer der Anwesenden stellte mir die vier Schwestern vor mit dem Ausdrucke: Vier Ihrer wärmsten Verehrerinnen! Wer wäre das nicht! rief lebhaft die eben hinzugetretene Nichtsängerin. Lautes Lob, Lob in meinem Beisein hat mich nie erfreut, ich achtete daher nicht viel auf die Lobrednerin, und auch als ich sie während des darauf folgenden ziemlich gleichgültigen Gesprächs einigemal ansah, fand ich durchaus nichts, was mir irgend anziehend geworden wäre. So ging es auch den ganzen übrigen Abend, an dem ich mich mit einer ziemlich geistesarmen, aber außerordentlich schönen Frau unterhielt, die mich gerade damals etwas interessierte. So oft ich meiner Lobrednerin zufällig nahe kam, fiel mir an ihr sowie an ihren Schwestern ein gewisses, beinahe demütiges, einen Unterschied zwischen sich und der Gesellschaft setzendes Betragen auf, dessen Ursache sich mir bald erklärte. Ich erfuhr, daß Vater und Mutter der guten Kinder sehr arm und die älteste von ihnen Musiklehrerin im Hause des Festgebenden sei."

Wehe dem Mädchen, möchte man wohl nach den obigen Bekenntnissen sagen, welches diesen Mann liebt und wieder geliebt zu sein glaubt! Solch ein Naturell ist für die Ehe nicht bestimmt.

Wenn Katharina Grillparzers Naturell gekannt hätte,

würde sie ihm entgegen gekommen sein? Am Ende doch.
Liebe ist ja unwiderstehlich und traut sich alles zu, auch die
Aenderung eines Mannes. Nun, sie kam ihm entgegen, als
er sich in ihrem Hause einstellte. Sie liebte ihn, hat ihn,
den Wankelmütigen, immer warm geliebt. Wunderlich genug,
der Charakter dieses Liebesverhältnisses, welches ein halbes
Menschenleben dauerte und doch zu keiner Ehe führte, ist der
Welt unklar geblieben, obwohl ein Gedicht Grillparzers ge=
druckt vorliegt, welches jeden hätte belehren können. „Jugend=
erinnerungen im Grünen" ist der Titel, Numero 15 unter
den Tristia ex Ponto.

> Im Glutumfassen stürzten wir zusammen,
> Ein jeder Schlag gab Funken und gab Licht;
> Doch unzerstörbar fanden uns die Flammen,
> Wir glühten, aber ach, wir schmolzen nicht.
> Denn Hälften kann man aneinander passen,
> Ich war ein Ganzes, und auch sie war ganz;
> Sie wollte gern ihr tiefstes Wesen lassen,
> Doch allzufest geschlungen war der Kranz.
> So standen beide, suchten sich zu einen,
> Das andre aufzunehmen ganz in sich,
> Doch all umsonst, trotz Ringen, Stürmen, Weinen,
> Sie blieb ein Weib, und ich war immer ich!
> Ja, bis zum Grimme ward erhöht das Mühen,
> Gesucht im Einzeln, was am Ganzen lag,
> Kein Fehler ward, kein Wort ward mehr verziehen,
> Und neues Quälen brachte jeder Tag.
> Da ward ich hart. Im ew'gen Spiel der Winde,
> Im Wettersturm, wo Sonne nie durchblickt,
> Umzog das stärk're Bäumchen sich mit Rinde,
> Das schwäch're neigte sich und ward zerknickt.

Ist da noch ein Zweifel möglich? Und wäre er möglich,
so löst ihn — traurig genug! — das oben angekündigte ent=
scheidende Wort Grillparzers. Es lautet: „Am Ende war es
doch mein grillenhaft beobachteter Vorsatz, das Mädchen nicht

zu genießen, was mich in diesen kläglichen Zustand versetzt hat. Grillenhaft beobachtet, sage ich, denn es war kein eigentlich tugendhafter Entschluß, er war erzeugt durch ein vielleicht bloß ästhetisches, künstlerisches Wohlgefallen an des Mädchens Reinheit, was mich zurückhielt, das zu thun, wozu alle Gefühle und Gedanken mich beinahe unwiderstehlich hintrieben. So kämpfte ich mich ab gegen die fast immerwährende Aufregung, und der schwüle Odem, der aus meinem Wesen auf die Unschuldsvolle hinüberging, setzte auch sie, unbewußt, in Bewegung, und brachte endlich bei ihr alle Wirkungen der unbefriedigten Geschlechtstriebe hervor. Sie ward argwöhnisch, heftig, zänkisch sogar, und so ward dieses Verhältnis nun auch in seinen geistigen Bestandteilen gestört, die es so fabelhaft schön gemacht hatten.

„Meine Phantasie kann sich übrigens von jener Niederlage noch immer nicht erholen. Es ist, als ob mir die Darstellung aller innigen Gefühle unmöglich geworden wäre, nachdem ich ein selbstempfundenes, so überschönes in Kälte und Gemeinheit übergehen gesehen hatte.“

Ehe dies in so trostloser Klarheit hervorgetreten, war doch einmal — nach längerer Bekanntschaft — der Abschluß einer Ehe im Werke. Um die Zeit, als Grillparzer aus Jamnitz, dem Landgute Stadions, nach Wien zurückkehrte. Er hatte schon eine Wohnung gemietet und Hausrat angeschafft, die Hochzeit sollte gefeiert werden. Da brach wieder einmal, wahrscheinlich wegen der Wohnung und Einrichtung, ein heftiger Zank zwischen den Brautleuten aus, und die Heirat unterblieb.

„Das Mädchen ist durch Liebe und Achtung lenksam bis zur Willenlosigkeit, aber gleich darauf wieder die größte Rechthaberin von der Welt, und, so lange die Aufregung dauert, nicht imstande, zu schweigen oder den Streit liegen zu lassen, wenn es auch alles gälte, was zu erhalten sie sonst das

Uebermenſchliche thut · und duldet. Warum mußte dieſes
Weſen in meine Hände geraten, oder je darauf verfallen, ſich
gleich auf gleich mir gegenüber zu ſtellen!"

Aus ihrer Heftigkeit erklärt ſich wohl der gänzliche Bruch
des Verhältniſſes, welcher einmal plötzlich eintrat. Das Un=
glück wollte, daß Kathi von einer Galerie des Burgtheaters
aus die Augenzeugin eines freundlichen Zuſammentreffens
ihres Bräutigams mit Charlotte v. P. ſein mußte, von der
ihr bekannt war, in welch intimem Verhältniſſe ſie mit Grill=
parzer geſtanden hatte. Die Ausbrüche ihrer leidenſchaftlichen
Eiferſucht, denen ſie ſich bei dieſem Anlaſſe überließ, müſſen
nach Berichten der Schweſtern ungeheuerlich geweſen ſein, und
Grillparzer erklärte denn, daß er eine dauernde Verbindung
mit ihr für unmöglich halte. Er ging von bannen, und
Kathi verfiel in eine ſchwere Krankheit.

Der Bruch war alſo geſchehen, und als die Kranke nach
langer Zeit der Geneſung entgegen ging, ſchien ſie ſelbſt es
zu begreifen, daß zwiſchen ihnen von Heirat nicht mehr die
Rede ſein könne. Aber den Geliebten gänzlich zu verlieren,
ſchien ihr ebenfalls unmöglich, und in ihrer Umgebung wurde
die Meinung nur allzu beſtimmt ausgeſprochen, daß eine
gänzliche Trennung der Tod des Mädchens ſein würde. Man
war geneigt, anzunehmen, daß ja noch immer ein freund=
ſchaftliches Verhältnis fortgeſchleppt werden könne, und im
weiten Hintergrunde ſah man nur allzu gern eine Ausgleichung
zwiſchen den beiden nur allzu reizbaren Naturen, und zuletzt
mit Gottes Hilfe dennoch ein glückliches Ehepaar.

Die Schweſtern unterrichteten Grillparzer von der Lebens=
gefahr Kathis, und ſo ſtand er vor der ſchon erwähnten
Frage: Schwäche oder Grauſamkeit?

Er ſchauderte zurück vor dem Gedanken, die in ſeinem
Geiſte ſo hoch ſtehende Geliebte tödlich zu verletzen, und die
in ſeinem Herzen noch immer beſtehende Neigung trug dazu

bei, dem Andringen der Schwestern nachzugeben und sich auf einen für beide Teile gleich unpassenden Mittelweg verlocken zu lassen, auf dem er, ohne die Geliebte zu beglücken, selbst keine Beglückung finden konnte.

Eine Notiz im Nachlasse sagt alles: „Mittags bei Fröhlich. Es erwachte, wie jedesmal nach jeder Versöhnung, eine Art Verlangen in mir. Ich nahm sie auf den Schoß und liebkoste ihr, das erste Mal nach langer Zeit. Aber die Empfindung ist erloschen. Ich möchte sie gar zu gern wieder anfachen, aber es geht nicht."

„Für den Wert des Menschen (Weibes)," schreibt er ferner, „ist die Güte des Charakters allerdings das Höchste, aber für das Zusammenleben, namentlich das nähere und nächste, ist Humor und Temperament beinahe noch wichtiger."

Er hielt Kathi für besonders geeignet, einen Mann zu beglücken, welcher ermüdet von anstrengendem Tagesgeschäfte abends heimkehre, aber nicht für sich, welcher seine Tage in dichterischer Aufregung verlebe und des Abends ruhige Erholung brauche. Uebrigens ist bei all den Wirrnissen eine warme Neigung für Kathi immer vorhanden geblieben, und gerade deshalb war diese Zeit so verheerend für ihn, er litt bitterlich unter diesem Zwiespalt und entschloß sich notgedrungen zu einer Reise.

7.

Dies war die Reise zu Goethe 1826. Sie führte über Dresden und Berlin nach Weimar, und die Selbstbiographie bringt eine ausführliche Beschreibung. Dieselbe Beschreibung findet sich im Nachlasse vor, aber sie enthält doch einige Abweichungen von der Selbstbiographie. Namentlich äußert der

Dichter sich — gegen Gewohnheit — über die Berliner und
Preußen überraschend günstig. „Die Menschen," schreibt er in
Berlin, „habe ich hier angenehmer gefunden, als ich mir sie vorgestellt. Ein hoher Grad von Gutmütigkeit ist ja hier nicht
seltener als in Wien. Nur die Art, sich anzukündigen und daher auch zu erkennen, ist verschieden. Der Oesterreicher erscheint
im Auslande leicht ein Tölpel, der Preuße ein Großsprecher;
zu Hause sind sie beide etwas anders, wenn sie gleich beide
einen kleinen Beigeschmack davon behalten mögen. — Die
Unterhaltung ist hier ungleich geistreicher als bei uns, selbst
wenn sie nicht glänzen will. Eine Tischgesellschaft, die, nachdem sie eine feine Anzahl Rheinweinflaschen überwunden, an
ein Gespräch über die moralische Natur des Menschen über-
ginge, wie dies bei Marchand der Fall war, gibt es in Wien
nicht."

Auch die preußische Regierung, ja das öde Polizeiregi-
ment unter Friedrich Wilhelm III. lobt er im Hinblick auf
Oesterreich. Denn die Wissenschaften seien frei.

Es war ihm natürlich interessant, zu erfahren, wie die
litterarischen Stimmführer über ihn dächten, und die freund-
liche Aufnahme, welche er bei litterarischen Notabilitäten in
Berlin und später in Weimar fand, hätte ihn darüber täuschen
können. In der That aber dachten die Stimmführer geringschätzig von ihm. Diese Stimmführer waren die Führer der
romantischen Schule, welche zum Aerger Schillers und Goethes
Litteratur „machen" wollten. Ihnen war Grillparzer, der
in ihre Fächer nirgends paßte, unbequem. Sie ignorierten
ihn deshalb völlig, und obwohl ihr Generalquartiermeister
Ludwig Tieck ein ganzes Buch „Dramaturgische Blätter" her-
ausgab, in welchen jeder Quark ästhetische Prüfung fand,
erhielt Grillparzer doch nicht eine Zeile. Durch Abdruck eines
Solgerschen Briefes kam die äußerste Geringschätzung Grillparzers zu Tage. Solger war der ästhetische Philosoph der

romantischen Schule, und Tieck gab Briefe von ihm heraus.
Da kam denn ein Brief des jetzt total vergessenen Aesthetikers
zum Vorschein, in welchem Solger erzählt, daß er eine Auf=
führung der Sappho habe über sich ergehen lassen müssen.
„Ich muß dieser Fratze doch erwähnen," heißt es da, „weil
sie und der Beifall, den sie findet, doch zu merkwürdig
ist. Ich sah sie neulich mit meiner Frau. Wir dachten dar=
über zu lachen, es verging uns aber vor Langerweile. Es
war die fünfte Vorstellung, das große Opernhaus gedrängt
voll, und alles entzückt, kaum atmend vor Aufmerksamkeit
und Bewunderung. Dieser Mensch hat es recht getroffen,
die schlechten Neigungen der Jetztzeit in Beschlag zu nehmen,
wie Kotzebue im Anfange die der seinigen. Die unselige
Interessantigkeit, wie ich es zu nennen pflege, das ekelhafte
Kokettieren mit Talenten und sogenanntem Geiste, der ver=
ruchte Hochmut darauf, der das Edle und Wahre in der
menschlichen Natur besudelt — das sind die höchsten Ideen!"
Wir wissen alles besser — muß man hinzusetzen.

Goethe dagegen, die erste dichterische Instanz für Grill=
parzer, nahm den österreichischen Dichter bekanntlich sehr freund=
lich auf, auch die Notabilitäten Weimars feierten ihn lebhaft
durch ein Bankett im Schießhause, welches von den sonst so
stillen, sparsamen Leuten veranstaltet wurde. Es gab also
doch noch eine andere litterarische Welt in Deutschland als
die romantische. Goethe selbst schreibt an Zelter: „Grillparzer
ist ein angenehmer, wohlgefälliger Mann; ein angeborenes
poetisches Talent darf man ihm zuschreiben; wohin es langt
und wie es ausreicht, will ich nicht sagen. Daß er in un=
serem freien Leben etwas gedrückt erschien, ist natürlich."

Da ist es nun doch interessant, um mit Solger zu sprechen,
darüber aufs Reine zu kommen, wie viel Goethe damals von
den Dichtungen Grillparzers gekannt habe. Er war durch
den Hund des Aubry als Theaterdirektor gestürzt worden

und hielt sich grundsätzlich fern von jedem Theaterstücke, als
die Ahnfrau auftrat. Er hat wohl weder sie, noch die Sappho,
noch die Medea gelesen und nur durch seine Umgebung da=
von erfahren, besonders durch Zelters Briefe. In seinen
Annalen 1817, 1818, 1819, in denen er die Gegenstände seiner
Lektüre mit großer Ausführlichkeit aufzählt, werden Ahn=
frau und Sappho mit keinem Worte erwähnt. Endlich ver=
nehmen wir von ihm selbst (Goethes sämtliche Werke in
40 Bänden, XXVII, Seite 375), daß er sich seit 1820 alles
Neueren enthalten habe mit Ausnahme von Werners Makka=
bäern und Houwalds Bild, die ihm von. den Verfassern zu=
geschickt wurden, und die ihm „unerfreulich entgegentraten".

Und wie wurde er durch Zelter unterrichtet? Der stramme
Musiker Zelter hat in Berlin die Ahnfrau gesehen und schreibt:
„Elend und Jammer vom Anfange bis zum Ende. Die
selige Ahnfrau ist von ihrem Manne auf Dilettantismus er=
tappt und erstochen worden, und nun gibt sich das Schicksal
die Mühe, dies kleine F—ksal am ganzen darauffolgenden
Geschlechte zu rächen. Alle Lebenden sind unschuldig und
rein wie die Sonne, und der Teufel holt sie alle. Doch ist
das Wesen lange nicht so ekelhaft wie der säuische 24. Februar,
wo das Tier sein Junges frißt. Talent ist nicht zu ver=
kennen, wiewohl es verloren geht: es fehlt an Licht, und
wo das nicht ist, dank' ich für den Schatten."

In Frankfurt am Main sieht Zelter Sappho mit der
Schröder. Er entdeckt in ihr — der einzige! — eine hübsche
Frau, aber doch gar keine geborene Schauspielerin. Das Stück
(Sappho) könne er nicht beurteilen. Es schwebe zwischen
Griechischem und Modernem, ohne einen festen Grund zu
finden, und alles könnte anders sein, ohne darum schlechter
zu sein. Die Personen des Stücks seien zahm bis zur
Grausamkeit gegen die Zuschauer.

Seine brave Freundin Madame Birch=Pfeiffer, welche er

als Schauspielerin über die Schröder stellt, hat ihn verleitet, Medea anzusehen, was ihr nicht zum zweitenmal gelingen soll. Er nennt das Stück mehr schlimm als schlecht. „Schauspieler und Zuschauer gingen davon wie gebissene Hunde." Das Pfefferrösel stellt er daneben hoch.

Zur Krönung des Geschmacks sagt der stramme Musiker noch über die Schillersche Elisabeth der Schröder das Allernachteiligste. Nach der Scene mit der Maria Stuart sei er denn auch fortgegangen und habe einen Rostbraten gegessen, welcher ihn „wieder versöhnt habe mit der Welt".

So kam zu Goethe die Schilderung Grillparzers. Der alte Herr mochte wohl wissen, wie viel Zelters litterarische Kritik bedeute, und wir wissen aus Grillparzers Erzählung, wie liebevoll ihn Goethe aufgenommen. Daß Grillparzer der indirekten Einladung Goethes zu einem privaten Abendbesuche keine Folge gegeben, möchte man unverzeihlich nennen. Seine melancholische Schüchternheit fürchtet sich vor einer intimen Unterredung mit dem verehrten Dichter! Nie ist eine Schüchternheit widerwärtiger ins Leben getreten. Sie war eine rechte Quintessenz seiner gebrochenen Stimmung, welche ihn auf die Reise gejagt.

Ueber München kehrte er nach Wien zurück. Der Weg über den Thüringer Wald, wo man jetzt eine Eisenbahn baut, war eine Strapaze, als ob man die Alpen zu übersteigen hätte. Dennoch kehrte er einigermaßen gestärkt heim, ganz mit dem Gedanken beschäftigt, seine nächste dramatische Arbeit Goethe zu widmen. Der lang vorbereitete „Ein treuer Diener seines Herrn" kam an die Reihe, dies Thema schien ihm aber doch nicht geeignet für den großen Dichter. Briefe pflegte er nicht zu schreiben, und so erhielt der Verkehr mit Goethe keinerlei Fortgang, was Grillparzer selbst bedauerte, aber seiner Rückhaltung gemäß doch nicht änderte.

„Ich habe dies Trauerspiel," schreibt er, „der Theater-

direktion übergeben. Der Theatersekretär Schreyvogel be=
steht darauf, daß ihm das Stück nicht gefalle. Ich halte
viel auf des Mannes Urteil, und mein innerstes Gefühl gibt
ihm recht. Aber mißfällt auch jetzt das Stück, so war es ja
doch einmal anders. Als ich es schrieb — freilich kann das
täuschen! Auch bin ich mir bewußt, am Plane geändert zu
haben, und da kann leicht etwas Unübereinstimmendes in die
Teile gekommen sein. Ich fühle meine Kraft versiegen. Mein
Herz ist betrübt bis in den Tod." Dazu hat er einen Zusatz
in griechischer Sprache geschrieben. Die Stärkung durch die
Reise hielt also nicht lange vor.

Der Plan zum „treuen Diener" reicht, wie schon er=
wähnt, weit zurück.

Jetzt hatte er ihn doch vollendet, er war aufgeführt und
mit großem Beifall aufgenommen worden.

Dieser erste einstimmige Beifall ist bei diesem Stück von
besonderer Wichtigkeit. Das unbefangene Publikum hatte
diese oft peinliche Schilderung eines pflichtgetreuen Mannes
ohne Skrupel aufgenommen, die poetische Charakteristik eines
getreuen Staatsdieners hatte ihre poetische Schuldigkeit gethan
und vollständig angesprochen.

Die Vorwürfe, daß Bankban hündisch treu, daß er
servil sei, kamen erst hinterher und ganz abseits vom Theater=
publikum, sie entstanden aus der politischen Parteiung, welche
sich damals auszubreiten anfing und überall politische Maß=
stäbe anlegte.

Ich habe darauf die Probe gemacht: ich habe dreißig
Jahre nach jener ersten Aufführung das Stück auf dem
Burgtheater neu in Scene gesetzt, also in einer Zeit all=
gemeiner politischer Agitation, und — das Stück ist gerade
so beifällig aufgenommen worden wie bei seiner ersten Auf=
führung.

Im poetischen Rahmen des Theaters wird einfach der

poetische Vorgang gewürdigt, wenn er in edler Form und unter der vollen Rüstung des Talentes auftritt.

Kaiser Franz scheint eine Ahnung gehabt zu haben, daß die Aufnahme des Stücks außerhalb des Theaters eine ganz andere sein, und daß man aus politischen Gründen die Pflicht= treue des Palatins mißbilligen werde. Wenn dies aber einträte, dann würde der Gehorsam gegen den Regenten herabgesetzt, und es käme dann die monarchische Herrschaft überhaupt zu Schaden. Er gab also dem Polizeiminister einen ganz ungewöhnlichen Auftrag. Dieser ließ Grillparzer rufen und teilte ihm mit, daß dies Stück dem Kaiser außer= ordentlich gefallen habe, und daß er es deshalb ganz allein zu besitzen wünsche. — Allein? Was bedeutet das? — Es bedeutet, daß der Kaiser das Manustript für seine Privat= bibliothek begehre, und daß weder Abschrift noch Abbruck anderswohin gelange. Der Dichter möge getrost seine Honorar= forderung stellen, es werde ihm auch die höchste ausgezahlt werden.

Grillparzer ging darauf nicht ein und erläuterte seine Ablehnung in einer schriftlichen Eingabe. Darauf erfolgte kein weiterer Schritt des Polizeiministers, und die Sache schlief ein. Man führte das Stück unter längeren Zwischen= räumen noch einigemale auf, und dann ließ man es vom Repertoire verschwinden.

Rätselhaft bleibt es, daß Grillparzer in einem Tagebuche ausdrücklich sagt, der Minister habe die Entschädigungssumme nicht zu hoch gefunden. Der Dichter hätte also doch eine angegeben, und doch ist der Handel nicht zustande gekommen. Wahrscheinlich hat der Minister eine hohe Summe genannt und nicht zu hoch gefunden. Grillparzer aber hat trotzdem abgelehnt.

„Wie nur dem Kopf nicht alle Hoffnung schwindet!" konnte jetzt Grillparzer mit vollem Rechte sagen. Seine hypo= chondrische Stimmung brauchte da gar nicht mitzusprechen. Ueberall fand er Schwierigkeiten, überall stieß er auf Miß=

verstand und Undank. Die Verherrlichung des Hauses Habs=
burg im Ottokar wurde für nichts erachtet, die Schilderung
eines getreuen Staatsmannes im „treuen Diener" wurde
verdächtigt, und bald darauf brachte ihm ein einfaches Ge=
dicht Anklage und Strafe zuwege. Es betraf die Genesung
des Kronprinzen. Grillparzer hatte die Herzensgüte desselben
hervorgehoben, ganz besonders hervorgehoben und die geistigen
Eigenschaften keineswegs bezweifelt, aber deren Entwickelung
der Zukunft überlassen. Also, schrie man, ein Schwachkopf!
Der Abdruck wurde von der Censur verboten, aber hundert
Abschriften mit aufreizenden Gedankenstrichen, mit —— wurden
verbreitet. Ein Censor Rupprecht hatte einen Gassenhauer
daraus gemacht. Der Kronprinz wie der ganze Hof waren
entrüstet, und die Gehaltserhöhung, um welche Grillparzer
eben eingekommen war, wurde abgeschlagen.

Was thun? was lassen? Diese Fragen gehen jetzt durch
seine Tagebücher. „Wer mir," heißt es da einmal, „die
Vernachlässigung meines Talentes zum Vorwurf macht, der
sollte vorher bedenken, wie in dem ewigen Kampfe mit Dumm=
heit und Schlechtigkeit endlich der Geist ermattet. Wie, um
nicht immerfort verletzt zu werden, endlich kein Mittel übrig
bleibt, als sich unempfindlich zu machen, wie kein Aufschwung
möglich ist, wenn man bei jeder Flügelbewegung an den
Plafond der Censur anstößt, und die Arbeit aufhört ein Ver=
gnügen zu sein, die Quelle tausendfältiger Unannehmlich=
keiten wird."

Er ging jetzt zu Kathi und ihren Schwestern fleißiger,
je gedrückter er sich fühlte. Sein Zaubermittel Musik sollte
ihn trösten. Er spielte da Klavier, er sang. Sang? Ja, er
hatte eine hübsche Stimme und sang damals mit Vorliebe.
Natürlich machte er sich auch daraus einen Vorwurf.

Um diese Zeit (1828) starb Beethoven, welchen er hoch
verehrte, und mit welchem er besonders wegen eines Opern=

textes verkehrte. Er hat ihn auch geschrieben und spricht wunderlicherweise wie von einer Arbeit, welche ein großes Honorar eintragen müßte. Melusine heißt er, und Beethoven hat ihn troß steter Versicherungen nicht komponiert. Er ist dann an Konradin Kreußer übergegangen, und man legt ihm keinen besonderen Wert bei. Das kam vielleicht daher, daß Grillparzer es in den Opern nicht liebte, wenn die Textes=worte sich vordrängten. Musik sei die Hauptsache, nicht das Wort. Grillparzer war der blanke Gegensaß zu Richard Wagner. Aber er war so sehr Musiker, daß es wohl der Mühe lohnt, einen Kenner über sein Musikleben gründlich sprechen zu hören. Eduard Hanslick, unser klassischer Musik=historiker und Kritiker, hat dies gethan. Er spricht wie folgt:

„Es gibt keinen zweiten großen Dichter, der sich so liebe=voll und ernstlich mit der Musik befaßt, so tiefe Blicke in ihr Wesen gethan hätte wie Grillparzer. — Ich weiß keinen Poeten, der eine solche Fülle tiefer und eigentümlicher Ge=danken über Musik und musikalische Kunstwerke aus seinem Innersten geschöpft und mit solcher Klarheit ausgesprochen hätte. — Ernst, wie er alles getrieben hat, trieb er auch die Musik. — Er genießt die Musik streng musikalisch und will ihr Gebiet rein gehalten wissen von poetischer Gleichnis= und Auslegekunst. — Fräulein Kathi Fröhlich zeigte mir drei Stücke von Grillparzers Komposition, von ihm mit feiner deutlicher Notenschrift aufgeseßt. — Für Grillparzers musi=kalische Bildung und edles musikalisches Bedürfnis sprechen diese Kompositionen. Ihre schlichte Korrektheit beweist, daß der große Dichter die Musik nicht bloß begeistert anzusingen, sondern sie selbst künstlerisch zu handhaben wußte. Seine Aussprüche über Musik gewinnen uns dadurch an Bedeutung. — Wer nichts anderes von Grillparzer kennte als die un=säglich rührende Erzählung „Der arme Spielmann", dies Meisterstück in der Kunst anscheinend kunstlosen Erzählens, der weiß, daß er es mit einem großen Dichter zu thun hat. Aber nur ein großer Dichter, der zugleich in die Tiefen des musikalischen Geheimnislebens eindrang und sich darin sicher wie zu Hause fühlt, konnte den alten Geiger verstehen und ihn so schildern, daß wir nicht bloß seine rührende Gestalt zu schauen, sondern sein Spiel zu hören glauben."

„Von den großen Wiener Tondichtern," fährt Hanslick fort, „haben Beethoven und Schubert mit Grillparzer verkehrt. Die Individualität Schuberts hat der Dichter in einem kurzen Gedichte zu zeichnen versucht, das zwar die Bedeutung Schuberts nicht entfernt erschöpft, aber doch zwei charakteristische Züge: die gesunde Originalität seines Talentes und seine um Lob und Tadel unbekümmerte Behaglichkeit geistvoll auffängt:

> Schubert heiß' ich, Schubert bin ich,
> Und als solchen geb' ich mich.

Sonst findet sich auffallenderweise nichts von Grillparzer über Schubert. Um so mehr hat er in einem eigenen Aufsatze und erzählend in der Selbstbiographie über Beethoven gesagt. Er fürchtete während der letzten Lebensjahre Beethovens von seiner gedrückten Stimmung, die sich zu musikalischem Ungestüm aufraffte, daß er weiter und weiter und zu weit gehen könnte in der Steigerung seiner Kompositionen, sagt aber doch geradeaus, daß er ihn eigentlich geliebt. In dem kurzen Gedichte „Wanderscenen" schildert er ihn treffend als einen kühnen Mann, der einsam durchs Dickicht bringt, einen Strom durchschwimmt, Abgründe überspringt — als Sieger steht er am Ziel, nur hat er keinen Weg gebahnt; der Mann mich an Beethoven mahnt."

Einige Zeit nach seiner Rückkehr von Weimar mußte Grillparzer von Schindler, dem Freunde Beethovens, erfahren, daß Beethovens Krankheit zum Tode neige, und daß man von Grillparzer eine Grabrede wünsche. Erschrocken ging dieser

sogleich an die Abfassung derselben, er war aber kaum mit der
Hälfte fertig, da brachte Schindler — es war der 24. März 1827
— die Todesnachricht. „Da that es einen tiefen Fall in meinem
Innern," sagt Grillparzer, „die Thränen stürzten mir aus den
Augen, und wie es mir auch bei sonstigen Arbeiten ging, wenn
wirkliche Rührung mich übermannte, ich habe die Rede nicht in
jener Prägnanz vollenden können, in der sie begonnen war."

Der Burgschauspieler Anschütz sprach diese von persön=
lichem Anteile durchzitterte Grabrede auf dem Währinger
Kirchhofe, wo man über vierzig Jahre später auch Grillparzer
begraben hat, zu tiefer Wirkung.

Auch als später bei Heiligenstadt, wo Beethoven zuletzt
gewohnt hat, ein Denkmal errichtet wurde, fand sich Grillparzer
ein, um seine Verehrung auszudrücken in schweren Worten.

Bei alledem blieb Mozart das musikalische Ideal Grill=
parzers. Es finden sich auf einem Zettel folgende Worte über
Mozart: „Mittags ein paar Konzerte Mozarts gespielt. Wunder=
schöne, heitere, klare, melodienreiche Musik, obwohl nicht frei von
Gemeinplätzen, aber auch diese mit graziöser Wendung." Das
schöne Maß dieses glücklichen Tondichters hat ihn immer und
immer begeistert. Als 1842 in Salzburg das Mozartdenkmal
enthüllt wurde, schrieb er in einem Gedichte den Vers:

Nennt ihr ihn groß? Er war es durch die Grenze:
Was er gethan, und was er sich versagt,
Wiegt gleich schwer in der Schale seines Ruhms.
Weil er nie mehr gewollt, als Menschen sollen,
Tönt auch ein Muß aus allem, was er schuf,
Und lieber schien er kleiner, als er war,
Als sich zum Ungetüme anzuschwellen.
Das Reich der Kunst ist eine zweite Welt,
Doch wesenhaft und wirklich, wie die erste,
Und alles Wirkliche gehorcht dem Maß.
Des seid gedenk, und mahne dieser Tag
Die Zeit, die Größres will und Kleinres nur vermag.

8.

Endlich kommen doch wieder dramatische Pläne in Frage. Beim Frühstücke liest er Griechisch und Lope de Vega, der ihn ungemein unterhält. Dann geht er an begonnene Stücke. Zunächst an Hero und Leander, und zwar an den vierten Akt. „Vergebens!" — schreibt er — „die Gemütslage Heros, die mir so deutlich war, als ich sie niederschrieb, ist mir nun verschlossen." Den Tag darauf (19. Februar 1829): „Tiefer, langer Schlaf, mit schwerem Kopf aufgestanden. Wenig in der Odyssee gelesen. Ebensowenig kam Lope de Vega zu teil. Hero und Leander unklar. Zu dem Brouillon von ‚Traum ein Leben‘ gegriffen. Besseres Glück. Das Vorhandene hat mich mehr befriedigt als sonst. Einiges im dritten Akte schicklich verändert. Der letzte Akt hat sich noch nicht aufgethan. Uebles Zeichen. Wenn eine Arbeit gelingen soll, muß sie mir gleich von vornherein mit der bestimmtesten Notwendigkeit dastehen."

Zwei Tage später: „Hero und Leander will sich aufhellen, wenn der Schimmer nicht bloß vorübergehend ist. Werde den Gedanken der Aufführung wieder ertragen können. Mehreres berichtigt und verbessert. Der zu theatralische Schluß ist aber schon so mit dem Ganzen verwachsen, daß er sich nicht mehr nach der ursprünglichen Idee wird herstellen lassen. Ich rechne auf die große Bildlichkeit des Stücks."

In den nächsten Tagen folgt ein Besuch beim Maler Daffinger, oder richtiger bei dessen schöner Frau, dem sogenannten „Kinde". Er nennt sie „wunderschön". „Habe mich aber doch gelangweilt" — setzt er hinzu. Die erste Liebesperiode mit dieser Frau scheint ungemein reizend gewesen zu sein. „Auch sie," schreibt er, „hat mich vielleicht damals geliebt. Durch mein brüskes Benehmen scheint sie von ihrer früheren Neigung ziemlich zurückgekommen." Er selbst wieder=holt, daß „eine gestörte Empfindung sich bei ihm nicht wieder einstellt".

So war ein Jahr vergangen seit der Trennung von ihr, da kommt Daffinger, der von jenem Verhältnis nichts gewußt hat, zu Grillparzer und bittet ihn um Hilfe gegen seine Frau. Was ist's? Er möge ihr den Kopf zurechtsetzen, sie habe einen Liebhaber. Vor einem Jahre war er noch selbst dieser Liebhaber gewesen, und es war ihm schwer aufs Herz gefallen, von dem reizenden „Kinde" scheiden zu müssen. „Es war eben," sagt er, „die Trennung von dem letzten wohlthuenden Lebensgefühle." Jetzt war er gleichgültig und setzte wirklich der Frau den Kopf zurecht, las aber auch dem Manne ein Kapitel, kurz, versöhnte das Ehepaar und ging von bannen wie ein salbungsvoller Biedermann in der Komödie.

Er deutet einmal auf eine Ladung vor Gericht im Zu=sammenhange mit Daffinger. Aber es findet sich nirgends eine nähere Erklärung.

Am Tage nach jener Familienscene schreibt er: „Be=schlossen, mit Hero und Leander kurzweg einen Abschluß zu machen."

Das geschieht, er sagt aber dabei: „Dieser herrliche Stoff ist ohne die erforderliche Liebe ausgeführt worden."

Statt das Stück nach der Heldin „Hero" zu benennen, gab er ihm, um das Romantische im griechischen Leben an=zudeuten, den manierierten Titel „Des Meeres und der Liebe Wellen", und es wurde am 5. April im Burgtheater auf=geführt.

Die drei ersten Akte machten großes Glück, die zwei letzten fielen ab. Es verschwand rasch vom Repertoire. Zwanzig Jahre später setzte ich es mit Frau Bayer=Bürck als Hero neuerdings in Scene und gewann einen außerordentlich

günstigen Erfolg, so daß es seit dieser Zeit eines der be=
liebtesten Repertoirestücke geworden ist.

Kam das von anderer Inscenesetzung? Kam es von der
günstigen Darstellung der Hero? Oder kam es daher, daß
die Schätzung Grillparzers in diesen zwanzig Jahren sehr hoch
gestiegen war, und das Publikum dem Dichter eine Genug=
thuung für angethane Unbill bei „Weh dem, der lügt" dar=
bringen wollte? All das zusammen wohl kam jetzt dem
Stücke zu statten. Die erste Darstellerin der Hero, Fräu=
lein Gley, die spätere Frau Rettich, besaß gerade die Eigen=
schaften nicht, welche für die Hero unentbehrlich sind: Schön=
heit im allgemeinen, namentlich Grazie griechischen Wesens
und gefällige Hingebung an das erwachende Sinnenleben,
welches ja die Entwickelung Heros bezeichnet. Das alles fehlte
der äußerst verständigen Frau Rettich, und das alles besaß
Frau Bayer=Bürck.

„Hero und Leander" — so nannte er das Stück in
seinem Tagebuche — „hat nicht gefallen. Die ersten drei Akte
wütend applaudiert, die letzten zwei ohne Anteil vorüber=
gegangen. Traurig, daß die Stimme des Publikums mit
meinen eigenen Zweifeln so sehr zusammentrifft. Der fünfte
Akt ist zwar leider nur zu wirksam, zu theatralisch (weshalb
ich ihn auch immer ändern wollte), er litt aber offenbar unter
der Wirkungslosigkeit des vierten Aktes, denn auf ein einmal
zerstreutes Publikum wirkt nichts mehr. Sonderbar! Diesen
vierten Akt schrieb ich gerade mit der meisten Innigkeit, dem
nächsten Einleben, und er schien mir vom ersten Augenblicke
sehr gelungen, aber schon bei der zweiten Ueberarbeitung, ein
Jahr später, konnte ich mich selbst nicht mehr darein finden.
Das Ganze ist offenbar mit zu wenig Folge, abgerissen und
mehr mit einer allgemeinen als mit einer besonderen, mit
einer Stoffbegeisterung geschrieben. Mehr Skizze als Bild.
Wenn die Lösung gelang, war der Gewinn groß für die Poesie.

Sie gelang nicht. Und doch! und doch! Wenn ich durch ein paar noch folgende gelungene Leistungen mich in der Zahl der bleibenden Dichter erhalten kann, möchte leicht eine Zeit kommen, wo man den Wert des wenn auch nur halb Er= reichten in diesem vierten Akte einsehen dürfte."

Diese Zeit ist für das ganze Stück gekommen, aber für den vierten Akt nicht. Grillparzer schätzt ihn hoch wegen seiner psychologischen Wahrheit, übersieht aber, daß ihm die dramatische Wirkung fehlt. Sonderbar! Er ist sonst ein Meister der dramatischen und theatralischen Technik, und doch bleibt es ihm hier verborgen, daß dieser Akt auf ein lang= sames Abwarten gestellt ist. Das lähmt auf der Bühne immer und ist gerade in einem vierten Akte schädlich, denn so nahe dem Schlusse des Stücks ist dramatischer Vorgang doppelt erforderlich.

Ich selbst habe bei der Inscenesetzung immer eingesehen, daß die wiederholte Zögerung Heros die Langeweile mit sich bringt. Sie will nicht gehen, weil sie müde ist und den Abend beim Turme erwarten will, und sie kommt mit dem= selben Gedanken „Ist's noch nicht Abend?" wieder. Wenn man das Fortgehen ganz wegläßt (die ganze erste Scene des vierten Aktes), so erhält man bei ihrem Kommen ihre Ge= danken und ihre Stimmung hinreichend durch das, was sie sagt und thut, und es ist durch Ausfall der ersten langen Scene ungemein viel gewonnen für den Anteil des Publi= kums, indem das Verschwinden der Langenweile erreicht ist.

Uebrigens ist dies Stück immer auf ein gutes, um nicht zu sagen auf ein feines Publikum angewiesen. Doch nein! Gut und fein sind nicht die richtigen Bezeichnungen. Ein naives Publikum ist erforderlich für diese Hero. Naiv in dem Sinne, daß eine unbefangene Hingebung an den Stoff durch keinerlei Bedenken nebensächlicher Art gestört ist, und daß man sich den Stimmungen, welche das Stück mit sich bringt,

ohne Vorurteil hingibt. In dieser Hero zeigt die Aufnahme
einer Stelle den Unterschied zwischen einem naiven Publikum
und einem Publikum, welches nur äußerlich teilnimmt, die
Stimmung des Stücks aber nicht erkennt. Wenn Hero auf
Leanders Liebesbitte plötzlich und unerwartet sagt: „Komm
morgen!" da lacht auch das naive Publikum, aber es lacht
mäßig, freudig überrascht, durchdrungen von wohlwollender
Teilnahme für das Liebespaar. Das nicht naive Publikum,
die schöne Stimmung der Scene durch Nebengedanken ver=
letzend, lacht roh auf, es lacht aus.

So wurde das Stück in Deutschland vielfach aufgenom=
men und zerstört. Noch 1856 sagt ein Kritiker in München
nach Aufführung des Stücks mit sichtlicher Befriedigung:
„Ueberhaupt fand das Publikum bei diesem Trauerspiele für
die reifere Jugend mehr Gelegenheit zu herzlichem Lachen als
bei manchem Lustspiele."

Grillparzer erwähnt in einem Tagebuche nebenher, daß
die Stelle in der Liebesscene des dritten Aktes, wo Hero
sagt: „Die Lampe darf's nicht sehn", einem Vorfalle entnommen
sei aus seiner Liebesaffaire mit Charlotte. Diese, ein wenig
verstimmt, habe ihn entlassen, sei ihm aber plötzlich mit dem
Lichte gefolgt, habe dasselbe auf den Fußboden gestellt und
ihn dann herzlich umarmt.

Auffallend genug, der Mißerfolg der Hero scheint ihn
nicht übermäßig verstimmt zu haben. Seine Gemütslage hat
sich ersichtlich gebessert, und die Klagen im Tagebuche lassen
nach. Er macht Fußtouren ins Gebirge, er geht wiederum
nach Gastein. Dabei spricht er rätselhaft von einer Krank=
heit, die ihn peinige und von der niemand wisse.

Gastein befreit ihn davon, und seine satirische Ader macht
Bemerkungen über den anwesenden Erzherzog Johann: „Wenn
ich je meinen Rudolf II. ausführen sollte" — der Bruder=
zwist war also damals schon in ihm vorhanden — „so wird

dieser Erzherzog Johann wohl darin als Erzherzog Matthias aufgenommen."

Wieder in Wien „bosselt" er von neuem an Libussa und zankt sich auch in dem freundschaftlichen Waffenstillstande des öfteren mit Kathi. Glücklicherweise kommt er doch wieder auf die Anlage eines Stücks zurück, welches ihn auch in verdrießlicher Stimmung freundlich angemutet hat, auf „Der Traum ein Leben".

Täglich las er immer noch beim Frühstück nach einem griechischen Autor ein Stück von Lope, und diese Teilnahme, welche ihm die buntesten Erfindungen des spanischen Fabulisten einflößten, brachte es wohl zuwege, daß ihm ein bunter Plan von Begebenheiten ansprechend entgegentrat. Und wie bedeutend hat er diesen bunten Plan ausgeführt! Einen österreichischen Faust hat man das Stück genannt. Die Reinigung und Besserung eines Menschen ist wirklich darin. Die frechen Wünsche Rustans sind in einem Traumleben verkörpert, führen im Traumleben zum Untergange und sinken zu Boden beim Erwachen, ja sinken nicht nur zu Boden, sondern führen zu der wundervollen Rede, welche auf der Bühne eine bezaubernde Wirkung macht:

> Breit' es aus mit deinen Strahlen,
> Senk' es tief in jede Brust:
> Eines ist nur Glück hienieden,
> Eins: des Innern stiller Frieden
> Und die schuldbefreite Brust.
> Und die Größe ist gefährlich,
> Und der Ruhm ein leeres Spiel,
> Was er gibt, sind nicht'ge Schatten,
> Was er nimmt, es ist so viel.

Zufrieden mit seiner Arbeit trug Grillparzer sie zu Schreyvogel und erfuhr da zu seiner Ueberraschung, daß dieser Dramaturg nicht sonderlich erbaut war von dem Stücke, sondern die glückliche Wirkung des Traumes ernstlich bezweifelte.

Diesmal machte dies keinen Eindruck auf Grillparzer, der in seiner Theaterphantasie einen festen Blick hatte und genau vorher wußte, was auf der Bühne Wirkung machte, und wie es sie machte. Er nahm das Manuskript ruhig mit nach Hause und meinte, es werde wohl seine Zeit finden, schrieb aber in seinem Tagebuche eine abfällige Bemerkung nieder über den kurzsichtigen Dramaturgen.

Das Stück fand denn auch seine Zeit, aber es fand Schreyvogel nicht mehr. Er war durch den Grafen Czernin aus dem Burgtheater, welches er geschaffen, vertrieben worden.

Am 4. Oktober 1834 wurde „Der Traum ein Leben" zum erstenmale aufgeführt und machte das größte Glück von dem Momente an, als das Publikum inne wurde, daß es einen Traum vor sich gehabt. Kein Stück Grillparzers ist so oft gegeben worden, jetzt schon (1883) über achtzigmal.

Getrost schreibt aber ein deutscher Kritiker: „Dies Stück eignet sich nicht für die Darstellung."

Dies erinnert an die Urteile von Gervinus, wenn er über die Darstellbarkeit Shakespearescher Stücke weissagt.

Grillparzer war in jener Zeit ersichtlich heiterer als bisher; er gibt auch die trüben Gedichte „Tristia ex Ponto" heraus, ein Zeichen, daß die Trübseligkeit hinter ihm liegt, und er denkt an eine neue Reise, an eine Reise nach Paris und London.

Die Gesamtausgabe seiner Werke bringt die genaue Schilderung seines Aufenthaltes in Paris und London. Eigentlich erscheint er hier als ein anderer Mensch, als ein freierer, obwohl er sich immer nach dem Sorgenloche Wien zurücksehnt. Er ist durchaus munter, und es macht einen erheiternden Eindruck, wenn er aus diplomatischen Gründen seinen Freund Börne eilig verläßt, um nicht unter die liberalen deutschen Flüchtlinge zu geraten. Die österreichische Gesandtschaft könnte das bemerken und ihm in Wien neuerdings böses Geschirr zu= ziehen. Börne aber, der schlimme Verfasser der „Briefe aus Paris", war von lange her sein Freund, wenigstens Freund aus der Ferne: er hatte seine Dramen, namentlich die Sappho mit enthusiastischem Lobe begrüßt.

Er besucht auch Heine, und der gefällt ihm sehr. Mit diesem war die Unterredung leichter, es brauchte keine Politik zu sein, der Dichter sprach zum Dichter, und einer erbaute sich an dem andern.

Als er nach Wien zurückkam, überfiel ihn sogleich wieder Not und Bedrängnis. Sein Bruder Karl hatte „Weib, Kinder und Amt verlassen, und die Amtskasse hatte sich leer befunden". In Wien klagte er sich eines Mordes an und zeigte alle Zeichen des Wahnsinns.

Man denkt an den Irrsinn der Mutter und an einen erblichen Familienzug der Ueberspanntheit, welcher bei unserem Franz als Inspiration auftrat und durch richtiges Maß ein= gedämmt wurde.

Von seinen Brüdern, und besonders von diesem Karl, ist er zeitlebens arg geplagt worden. Immer wieder kommen Geldforderungen an den mit Geld gar nicht gesegneten Dichter, und er mußte oft selbst Schulden machen, um den unordent= lichen Bruder aus drängender Not zu befreien.

Im Aerger über ein Schicksal, das ihn ewig belastete, hatte er die oben erwähnte abfällige Bemerkung über Schrey= vogel geschrieben, welche den alten Freund hart anläßt. „Dieser Theatersekretär," schreibt er, „hat mir zum Teil großen Schaden gebracht. Ich hatte niemand in meiner Umgebung, dessen Urteil über meine Arbeiten ich befragen konnte, als ihn. Er glaubte immer den Kritiker spielen zu müssen, und ich brauchte einen Aufmunterer. So kam ich aus dem Zug zu produzieren. Damals, als noch alles vor

Luft dazu in mir glühte! Und die äußeren lähmenden Ver=
hältniffe gewannen die Oberhand über die gewaltsam zurück=
gehaltene Kraft. Kritik fand ich genug in meiner Hypochon=
brie, nebftbem daß ich auch die Sache beffer verftand als er.
Loben hätte man mich müffen, aneifern, die Grillen bekämpfen
ftatt fie zu vermehren."

Ebenfo im Aerger über die fteten Hemmniffe in feiner
Beamtenlaufbahn hatte er plötzlich diefe Laufbahn aufgegeben,
infofern fie noch einer Steigerung fähig war. Er hatte die
Stelle eines Archivdirektors nachgefucht und erhalten. Von
hier aus gab es kein Auffteigen mehr in der Beamtenhierarchie.
Eins nur wünfchte er noch, die Direktorftelle in der Hof=
bibliothek. Sie wurde ihm abgefchlagen.

Seine Beamtenherrlichkeit hat fich entwickelt wie folgt:
1813 wird er Kanzleipraktikant bei der Zollgefällen=Admini=
ftration; 1814 Conceptspraktikant dafelbft; 1815 Concepts=
praktikant bei der allgemeinen Hoffammer; 1821 als folcher
im Finanzminifterium; 1823 Hofconcipift im Finanzmini=
fterium, dem Minifterialbureau zugeteilt; 1832, Abfchied
nehmend von weiterer Beförderung, Direktor des Hoffammer=
archivs.

Hier faß er denn in einem abgefchiedenen Raume, nach=
dem auch ein zweites Anfuchen auf die ihm wirklich gebüh=
rende oberfte Stelle in der kaiferlichen Hofbibliothek abge=
fchlagen und dem jungen Regierungsrate Baron Münch
(Friedrich Halm) im Wege der Protektion zugeteilt war, hier
faß er denn, bis er fich 1856 penfionieren ließ.

Diefes Archiv ift ein Seitentrakt neben der Staats=
kanzlei auf dem Ballplatze und erfcheint wie ein vom Lichte
abgefchiedener Raum. Grillparzer befchreibt, wie fchwer es ihm
geworden fei, den Chef zu fpielen bei den Unterbeamten, welche
dem Theaterdichter nicht die erforderliche Sachkenntnis zuge=
traut hätten, und wie er fich in diefer Beziehung tapfer er=

wiesen habe. Dabei ist er einmal von einer hohen Leiter
herabgestürzt und merkwürdigerweise dadurch gar nicht be=
schädigt worden.

Allmählich hat er sich dort eingewöhnt, und der stille
Aufenthalt hat ihm zugesagt. Wenigstens schreibt er darüber:

> Hier sitz' ich unter Fascikeln dicht,
> Ihr glaubt verdrossen und einsam —
> Und doch vielleicht, das glaubt ihr nicht,
> Mit den ewigen Göttern gemeinsam.

Er brauchte die Götter, weil er die Menschen vernach=
lässigte und nur des Abends die Schwestern Fröhlich auf=
suchte, bei denen er herzliche Teilnahme fand, nachdem sein
Verhältnis zu Kathi die leidenschaftliche Epoche überlebt hatte
und ein inniges Freundschaftsverhältnis geworden war. Freund
Schreyvogel war tot; ein unwissender Mann, Deinhardstein,
war Direktor des Burgtheaters geworden nach dem Willen des
Grafen Czernin, Grillparzers Verkehr mit diesem Institute war
nach Aufführung seines „Traum ein Leben" gleichsam einge=
schlafen, und nur Bauernfeld stand ihm noch nahe. Dieser war
ihm stets ein treuer Förderer und Genosse gewesen und kam
auch ins Archiv zu ihm. Eigentlich machte er Grillparzer viel zu
schaffen. Grillparzer hatte lebhaftes Wohlgefallen an Bauern=
felds Talente, in dessen Lustspiel „Bekenntnisse" eine ganze
Scene von Grillparzer herrühren soll, — auch an der Donna
Diana Schreyvogels soll er mitthätig gewesen sein — und
der Dialog in Bauernfelds Stücken hatte einen lebhaften
Verehrer an ihm. Dennoch nergelt er in seinen Tagebüchern
des öfteren an ihm herum, nicht bloß wegen unzureichender
dramatischer Komposition, sondern auch weil ihm die ganze
Charakterentwickelung Bauernfelds nicht zusagte. Natürlich!
ein lebhafter Mann des Lustspiels mochte oft mit seiner Rasch=
heit anstoßen bei dem schweren Gange des tragischen Dichters.

Und doch erwachte hier in der Archivstille in Grillparzer die Neigung, auch ein Lustspiel zu schreiben. Freilich in ganz anderer Weise. Sinnvoller, tiefer in der Charakteristik. Wenn nur nicht die Fröhlichkeit darin fehlen wird, und demgemäß das Lachen ausbleibt!

Und in der That, das neue Stück, welches er im Archive schreibt, gemahnt an die Stille des Archives, wo man nicht lacht. Es ist „Weh dem, der lügt".

Dem akademischen Grundsatze gemäß, daß ein Stück Lust=spiel genannt werden kann, auch wenn es nicht besonders lustig ist, und dem Beispiele der Franzosen nachgebend, welche in den Begriff „comédie" recht herbe Dinge einschließen, nötigenfalls einen kleinen Totschlag, nannte er auf dem Theaterzettel sein „Weh dem, der lügt" ein Lustspiel.

In erster Linie dadurch hat er das Mißlingen der ersten Aufführung verursacht. Gegen das Vorurteil des ganzen Publikums ist der größte Dichter ohnmächtig, und im deut=schen Theater steht unverrückbar fest, daß ein Lustspiel fröh=lich sein und Lachen erregen muß.

Beides fehlt in „Weh dem, der lügt", und das Publi=kum lehnte es ab, als es am 6. März 1838 zum erstenmale gespielt wurde, lehnte es ab nicht ohne Spott.

Die Legende, welche dem Stücke zu Grunde liegt, hat Grillparzer aus der Geschichte der Franken von Gregor, dem Bischofe von Tours, entnommen, und der sonst so kundige dramatische Techniker Grillparzer hat die Legende behandelt, ohne seine dramatische Technik dafür anzustrengen. Er hat eine dramatische Erzählung geschrieben. Nach dem dritten Akte herrscht das epische Nacheinander statt des dramatischen Gegeneinanders.

Uebrigens sind die Charaktere äußerst mannigfaltig, und der Inhalt ist reich an Lebensweisheit. Abgesehen vom Theater ist es eine interessante Arbeit.

Die ungünstige Aufnahme des Stückes hat Grillparzer tief verstimmt, und dieser unglückliche Abend ist ein Grenzstein geworden: er hat von da an kein Stück mehr dem Theater gegeben.

Letzteres möchte ich nicht bloß dem anhaltenden Aerger des Dichters zuschreiben, obwohl er im Festhalten eines Entschlusses viel leistete. Nein! was er seit dieser Zeit an Stücken zu bieten hatte, das war so beschaffen, daß er keinem eine sichere Bühnenwirksamkeit zutraute. Weder dem „Bruderzwist in Habsburg", noch der „Libussa", noch der „Jüdin von Toledo", welche er allmählich vollendete, denn angefangen waren sie sämtlich schon. „Esther" ist auch gar nicht vollendet worden. Er hat dies Mißtrauen später positiv gegen mich ausgesprochen. Auf mein Drängen hat er mir damals endlich doch das Manuskript der Libussa eingehändigt, aber mit der Bemerkung: Sie sollen es aufführen dürfen, wenn Sie mir nach der Lektüre versichern können, daß sie dem Stücke einen guten Erfolg zutrauen können. Auch ein solcher würde mich nicht mehr sonderlich freuen, ein Mißerfolg aber würde mich sehr schmerzen.

Ich fühlte mich nach der Lektüre nicht berechtigt, den alten Herrn in die Lage eines halben Erfolgs zu bringen, und gab das Manuskript zurück. Dies beweist aber, daß es nicht bloß der verhärtete Aerger war über „Weh dem, der lügt", welcher ihn veranlaßt hat, kein Stück mehr aufführen zu lassen. Er hatte keins mehr, weil er keines für sicher hielt.

Sein dichterisches Ansehen stieg indessen von hier an, von der zweiten Hälfte seines Lebens, in Wien außerordentlich, und man schalt immer lauter, immer allgemeiner auf jenes erste Publikum von 1838, welches einem so würdigen Dichter so unwürdig begegnet sei bei „Weh dem, der lügt", und dies führte in neuester Zeit dahin, daß nach mehr denn vierzig Jahren — Grillparzer war tot — das Stück wieder in Scene gesetzt und aufgeführt wurde. Die Aufnahme war jetzt eine günstige. Das war vorauszusehen bei der Stimmung des Publikums, welches dem großen vaterländischen Dichter eine Genugthuung bieten wollte. An dem nicht ganz dramatischen Stoffe wird dadurch nichts geändert, es ist auch keine andere Bühne dem Burgtheater nachgefolgt, aber immerhin hat sich der geistvolle und charakteristische Inhalt des Stückes geltend gemacht.

Grillparzer selbst hat damals bei dem Abfalle des Stückes nichts Besonderes gesagt gegen die Verurteilung, wie sehr ihn auch das unhöfliche Betragen des Publikums schmerzte. Er kannte das Theaterpublikum genau, und der Mangel an dramatischer Kraft des Stückes war ihm sicherlich auch nicht verborgen. In den nachgelassenen Papieren findet sich nur eine Bemerkung über die verfehlte Darstellung des Galomir, welchen die Wiener einen „Trottel" nannten.

Diese Bemerkung lautet: „Der Schauspieler hat ihn ganz als Idioten, als Kretin gehalten. Ganz unrichtig. Galomir ist so wenig dumm, als die Tiere dumm sind. Sie denken nur nicht. Galomir kann darum nicht sprechen, weil er auch nicht denkt. Das würde ihn aber nicht hindern, in einer Schlacht den rechten Angriffspunkt instinktmäßig herauszufinden. Er ist tierisch, aber nicht blödsinnig."

***

9.

Der Unfall des „Weh dem, der lügt" erscheint wie eine Katastrophe im Leben Grillparzers. Mit ihm tritt ein langer Stillstand ein. Die Tagebuch-Notizen hören auf; er ist ein völlig schweigsamer Mann geworden.

Schon mit 1835 verlieren sich die Gedichte, welche aus innerer Veranlassung entspringen. Er war überhaupt kein

eigentlicher Lyriker. Dafür fehlten ihm die Milde, die Weich=
heit, die Zärtlichkeit. Auch in all seinen Dramen kommt keine
Liebe vor, welche lyrische Töne hätte. Jaromir und Bertha
sind immer nur heftig, Phaon und Melitta haben gar keine
Zeit zu Zärtlichkeit. Nur im „Bließe" schimmert eine mildere
Neigung hervor zwischen Jason und Kreusa. Im „Ottokar"
gibt's gar keine Liebe, ebenso keine im „Treuen Diener",
denn Otto von Meran ist ein frecher Lüstling. Ja, selbst
Hero und Leander bieten nur die sinnliche Liebe, wenn auch
reizend. Im „Traum ein Leben" sind Rustan und Mirza
als Liebende nur Schattenbilder. In „Weh dem, der lügt"
bleibt die Neigung Edrits still, ebenso die Leons. Libussa
liebt wohl, ist aber, eingedenk ihrer höheren Herkunft, er=
schrocken darüber und spricht es nicht aus. Der „Bruder=
zwist" hat keine Spur davon, sondern obenein die garstige
Begehrlichkeit Don Cäsars, und die „Jüdin von Toledo"
bietet nur Capricen des Liebens. So ist Grillparzer nicht
eben eine Lieblingslektüre für Frauen geworden, er ist ein
stark männlicher Dichter, vorzugsweise ein Dichter für Männer.

　　Jetzt bedarf es äußerer Veranlassung, damit er ein Ge=
dicht mache, ein Gelegenheitsgedicht. Nur Epigramme schrieb
er immer fleißiger. Sein kritischer und witziger Geist trieb
ihn stets, das in geschlossene Form zu fassen, was ihm just
entgegentrat. Es geschah zu seiner Befriedigung. Musik
natürlich spielte ihre Rolle in diesem noch einsamer werdenden
Leben, und er machte Gelegenheitsgedichte auf die Klavier=
virtuosin Klara Wieck und eine englische Sängerin Mrs. Shaw.
Mit dem heranrückenden fünfziger Jahre scheint er Abschied
zu nehmen von allen Wünschen und Träumen der Jugend,
ja von allem dichterischen Ehrgeize. All seine früheren,
stetigen Klagen sind verstummt, wenigstens vernehmen wir
nichts mehr von ihnen, denn er schreibt nichts mehr nieder,
und es scheint auch wirklich die Hypochondrie von ihm ge=

wichen zu sein. Ein neues Reisetagebuch, welches er 1843 geschrieben und welches sich in seinem Nachlasse gefunden — es ist nur mit Bleistift geschrieben — zeigt einen gefaßten Mann.

Wie und wann er an den Stücken Libussa, Bruderzwist, Jüdin von Toledo und Esther gearbeitet, das bleibt uns verborgen. Der Nachlaß verrät darüber nichts.

Außerordentliches Aufsehen macht es, daß er 1840 zu einer Wohlthätigkeitsvorstellung den ersten Akt der Libussa bewilligt. Er findet eine enthusiastische Aufnahme. Nicht bloß, weil das Publikum das üble Vorgehn gegen „Weh dem, der lügt" ausgleichen wollte, nein! der höchst originelle Inhalt dieses Aktes wirkte an sich berauschend. Alle Welt wünschte und erbat sich nun die Fortsetzung, das ganze Stück. Er aber schwieg dazu völlig. Wahrscheinlich war auch das Stück noch nicht ganz geschrieben.

Es ist schon gesagt worden, daß der Nachlaß von all diesen Stücken — Esther ausgenommen — nach Plan und Beginn in frühere Zeit zurückreicht. Ueberraschend ist diese frühe Zeit in betreff der Jüdin von Toledo, welche man als ein Ergebnis seiner unausgesetzten Lope-Lektüre angesehen. Der Plan zu ihr liegt aber vor der Zeit, in welcher er täglich den Spanier las und die Unzahl von spanischen Stücken erledigte, welche in der Gesamtausgabe aufgezählt sind.

Diese Vorliebe für spanische Stücke ist nur zu wichtig geworden für die dramatische Entwickelung Grillparzers. Er sagt darüber Seite 192 der Selbstbiographie ein entscheidendes Wort, nämlich: „Zugleich war ich kein Freund der neueren Bildungsdichter, selbst Schiller und Goethe mitgerechnet; nächst Shakespeare zogen mich die Spanier Calderon und Lope de Vega an. Nicht was durch die Erweisbarkeit Billigung, was durch seine bloße Existenz Glauben erzwingt, das schien mir die wahre Aufgabe der dramatischen Poesie zu sein. Sich immer auf dem Standpunkte der Anschauung zu erhalten, wird schwer in unserer auf Untersuchung gestellten Zeit." Man hat mit Recht gefragt, ob er mit diesen Spaniern nicht zu weit gegangen sei und darüber viel Zeit und Produktion verloren habe. Denn er habe an zahlreiche, durch diese Lektüre veranlaßte Halbpläne Zeit und Nachdenken verschwendet, welche bei näherer Prüfung nicht gepaßt hätten zu seinem gründlich deutschen Wesen. Das spanische Stück aber, die Jüdin von Toledo, welches er ausgeführt, sei eben in seiner Fremdheit das in sich uneinigste Stück geworden.

Eine frühe Notiz über diese Jüdin in den Tagebüchern besagt, daß der König zuletzt wahnsinnig geworden sei. Da war der deutsche Dichter beim Werke. Der eingeprägte spanische Stil bringt dafür eine sehr interessante psychologische Wendung — der Anblick der Leiche Rahels kühlt den König ab — und diese Wendung reicht bei uns vollständig aus, unsere Teilnahme an dem Stücke zu vernichten. So wenig verträgt sich die Seelenkunde des deutschen Dichters mit dem Stile der Spanier.

In dieser stillen Zeit taucht wieder einmal das Bedürfnis einer Reise in ihm auf. Seiner litterarischen Vorliebe entsprechend will er nach Spanien; aber ein neuer Ausbruch des Karlistenkrieges tritt in den Weg. Da beschließt er, nach Griechenland zu gehn, die Stätten seiner Medea, seiner Hero, seiner Sappho und die Reste des griechischen Altertums anzuschauen. Reisig angethan steht er am 27. August 1843, 4 Uhr nachmittags auf dem Dampfschiffe, welches nach Preßburg fahren soll.

„Die Fröhlichs," schreibt er, „kamen ans Ufer hinaus. Kathi weinte sehr und war ganz außer sich über die gefahrvolle Reise. Ich suchte ihr zu beweisen, wie widersinnig diese Furcht sei, indes ich mir heimlich gestand, daß meine Reise noch viel widersinniger sei als diese Furcht. Mein vor-

ausgesetzter Reisegefährte hat mich ohne Zweifel ausgesetzt;
ich muß auf seine Begleitung Verzicht leisten, und die lange
beschwerliche Reise in meinem vorgerückten Alter mit meiner
gebrechlichen Gesundheit so ganz allein, so als Student zu
machen, grenzt wirklich an den Unsinn. Indes hatte ich sie
beschlossen, und da meine hypochondrische Unentschlossenheit
eben eines der Hauptübel ist, zu deren Heilung ich das Gewalt-
mittel anzuwenden beschloß, so konnte ich doch mir selbst gegenüber den gefaßten und durch alle Vorbereitungen durchge-
führten Plan unmöglich aufgeben — und die Abreise erfolgte."

„Meine Laune ist schwer zu beschreiben. Mir war zu
Mute wie einem, der zuerst nicht aufs Wasser, sondern ins
Wasser geht."

„Die Wasserfahrt langweilig. Erst zwischen Petronell
und Hainburg wird die Gegend angenehm. Letzteres liegt
wunderschön. Ebenso Preßburg, wo wir um halb sieben Uhr
anlangten. Des Landtags wegen in den Wirtshäusern nirgends Platz. Muß mich endlich entschließen, im Roten Ochsen
mit einer Art Gaststube vorlieb zu nehmen, in der man in
aller Eile ein Bett, nicht länger als einer meiner Arme, auf-
schlägt. Unendlich verstimmt. Konnte mich durchaus nicht be-
sinnen, was denn eigentlich mein Zweck bei dieser Reise sei.
Ging ein wenig durch die Stadt, traf den Kapitän des Dampf-
schiffes, mit dem ich auf dem öffentlichen Spaziergange herum
schlenderte. Endlich wieder nach Hause, traf an der Wirtstafel ein paar Offiziere, die mich kannten, aber ich sie nicht.
Schwatzten ganz angenehm. Frühzeitig in meiner Gaststube
zu Bette. Als ich erwachte, schlug die Uhr zwei Viertel.
Eine Weile darauf rief der Nachtwächter die Stunde aus.
Es war zwei Uhr nach Mitternacht. Das Bett war zu kurz,
und die Decke so schwer, daß ich wie ein Verdammter schwitzte.
Gegen Morgen schlief ich doch noch auf ein Stündchen ein
und war um fünf Uhr wieder auf den Beinen. Bekomme

endlich doch das Zimmer eines um sechs Uhr Abgereisten, und sitze nun hier etwas getröstet und der Dinge harrend, die da kommen werden."

„Ich will heute einer Landtagssitzung beiwohnen, was der eigentliche Grund ist, warum ich in diesem Neste nur eine Minute über die Notwendigkeit auszuhalten mich veranlaßt finde. Deus providebit."

„28. August. War in der Sitzung. Der Saal ist bloß geweißt, die Draperien, mit Ausnahme der Damengalerien, ärmlich. Das Präsidium sitzt statt im Fond des Saales auf der linken Seite desselben, durch eine Schranke gesondert. Die Mitte ist durchaus eben, mit Bänken angefüllt, wo die Deputierten in zwei Hälften geteilt, sich mit den Gesichtern zugekehrt, einander gegenübersitzen. Dagegen sehen die Ab= geordneten selbst gescheit und distinguiert aus. Man sprach ohne Stottern, wobei die meisten jedoch einen geschriebenen Entwurf in der Hand hatten. Der Ton war gesteigert, aber anständig. Längere Reden kamen nicht vor. Es galt die alleinseligmachende Kraft der ungarischen Sprache. Später sollte der Kriminalkodex an die Reihe kommen. Ich ging je= doch um elf Uhr wegen Unkunde der Sprache und daher des Gesprochenen ermüdet. Im Jahre 1836 hatte ich in Stuttgart einer württembergischen Kammersitzung beigewohnt; sie stand, was die Form betrifft, sehr im Nachteile gegen diese ungarische. Hier sprach jedermann besser als dort unser mit Recht ge= priesener Dichter Uhland."

„Darauf durch die Stadt geschlendert. Sie ist doch hübscher und städtischer, als es im ersten Augenblicke scheint. Unter den Frauenzimmern mitunter auffallend hübsche. Nachmittags stieg ich eine Anhöhe hinauf, die, wie es sich fand, der Schloß= berg war. Die Aussicht von der Ruine herab ist wunderschön. Von da auf einem für die Ziegen gebahnten Wege über den berüchtigten Zuckermantel zur Schiffbrücke. An einladenden

Gestalten und Mienen fehlte es da nicht. Im allgemeinen ist der Weiberschlag, das Blut in Wien vielleicht hübscher, auffallend schöne Züge aber, deucht mich, gibt es hier mehr. Ueber die Schiffbrücke in die sogenannte Au. Ein entzückend schöner Spaziergang. Ich erinnere mich kaum, in der Nähe einer Stadt dergleichen gesehen zu haben. Auffallend die allgemeine Eleganz. Vielleicht nur während des Landtags."

„Abends aus Müdigkeit in die Arena, um sitzen zu können. Das Theater war, als ob es Tieck angegeben hätte. Die immer sich gleichbleibende Dekoration, der Wald nämlich, und daß bei Tage gespielt wurde, wenn die Schauspieler auch wegen supponierten Dunkels sich wechselseitig nicht erkannten. Leider nur wurden die Frauenzimmerrollen nicht von Männern gespielt, sonst hätte man sich in Shakespeares Zeiten versetzt geglaubt. Ich kann aber nicht sagen, daß die Vorstellung durch diese romantisch-klassische Einrichtung gewonnen hätte. Gespielt wurde übrigens ganz gut, besonders war der Komiker vorzüglich zu nennen. Der männliche Teil des Publikums rauchte beinahe durchgehends."

„Uebrigens gefällt mir Preßburg. Selbst in Wien wird die Gefälligkeit gegen wegunkundige Fremde nicht weiter getrieben."

„29. August. Darum mag ich nicht herschreiben, daß Gutmütigkeit und Gefälligkeit immer dankenswert ist, wenn sie sich auch in der Ausführung vergreifen. Noch einmal in der Landtagssitzung gewesen, die noch weniger Interesse darbot als das erste Mal. Was die Magyaren wollen, wäre kaum zu tadeln, wenn sie ein Volk von dreißig Millionen ausmachten; unter den vorliegenden Verhältnissen ist der größte Teil ihrer Anstrebungen lächerlich."

„30. August. Abreise von Preßburg acht Uhr morgens. Eine schöne Ungarin, die mit mir zugleich von Wien gekommen, wieder am Bord, diesmal aber gut gekleidet und sehr

zurückgezogen. Zwei Komtessen, von denen die jüngere bild-
hübsch, aber mit häßlichen plumpen Füßen. Anfangs thaten
sie höchst zimperlich und vornehm, aber nach Tisch bummelten
sie auf allen Bänken herum. Ein Engländer, der in Fiume
etabliert ist und gut deutsch spricht, sonst auch ein angenehmer
und gescheiter Mensch. Ein einäugiger Berliner, wohl zwar
Jude, ohne jedoch die doppelte Berechtigung, unangenehm zu
sein, zu benützen."

„Die Ufer außer Preßburg zwischen den beiden Inseln
Schütt höchst einförmig und langweilig. Die Festung Komorn
ist wohl fester, als sie aussieht. Hier hört die Insel Schütt
auf. Das Dorf Neumühl liegt schon recht hübsch. Nun
wird's immer besser. Gran mit seinem im Bau begriffenen
Riesendom, dessen Lage ich mir übrigens imposanter gedacht
habe. Der Hügel, auf dem er liegt, ist nicht hoch, und das
Ganze wird etwas Gartenterrassiges bekommen. Daß der ursprüngliche Plan durch neue Zuthaten, in den Säulen nämlich, verpfuscht worden ist, habe ich schon an dem Modell in
Preßburg gesehen."

„Bald darauf scheint die Donau das Ziel ihres Laufes
erreicht zu haben, aber mit einer gewaltsamen Wendung nach
links bricht sie sich nun durch die Berge. Die Gegend be-
zaubernd. Vissegrad, Waitzen."

„Man begreift die hochstrebenden Ideen der Ungarn,
wenn man ihr Land sieht. Ich habe mich ein wenig mit
ihren Superlativen ausgesöhnt. Die Sonne geht unter und
entzündet Wasser und Luft. Der junge Mond machte sich
geltend. Der Berliner fand den Eindruck poetisch, und er
hatte recht. Es lag ein unbeschreiblicher Zauber über der
Gegend. Nach und nach wird es düster, endlich dunkel. Man
muß zu den Mänteln seine Zuflucht nehmen. Es ist schon
Nacht, als Reihen von Lichtern zu beiden Seiten des Flusses
die Schwesterstädte Pest und Ofen ankündigen. In der

Nacht, wo alle Kühe schwarz sind, hat der Eindruck etwas
Aehnliches mit der Reede von Neapel. Böllerschüsse, Ankunft.
Der jüngere Stankovics erwartet mich am Landungsplatze
und führt mich ins Gasthaus zur Königin von England, wo
meine zwei Reisegefährten schon Platz gefunden hatten. NB.
Der Kapitän, ein prächtiger Venezianer, der aussah wie
ein Lämmergeier mit einem Kinnbarte, hatte sich auf der
Reise zu mir gesetzt und mich mit vieler Achtung als einen
musikalischen Kompositeur angeredet. Auch die schöne Gräfin
schien einige Ahnung von meinen durch das Gesicht nicht
wahrnehmbaren Eigenschaften zu haben."

„31. August. Gut geschlafen, aber mit einer unangenehmen
Empfindung im Magen aufgewacht, mit Hinneigung zum Durchfall. Ich habe die letzten Tage sehr mäßig gelebt, aber die
ungeheure Hitze und der ungewohnte ungarische Wein mögen
Schuld tragen. Mit Stankovics Pest besehen. Eine plattierte
Stadt. Gegen die Donau zu in die Augen fallende Häuser-
fronten, die den alten Winkelkram maskieren. Herrlich dagegen der Anblick von Ofen. Man muß übrigens beide noch
näher betrachten. Die ganze Gentry muß während des Landtags in Preßburg sein, denn in den Straßen trieb sich nur
Gesindel herum. Keine Equipagen, wenig Fiaker. Die Un-
päßlichkeit nimmt zu. Trockene Zunge. Durchfall. Setze
mich ins Theater, um zu sitzen. Das Haus sehr groß, und
die Bühne ungeheuer. Der Schauplatz höhlen- und lauben-
artig zerklüftet, auch mit einer trüben Farbe bepinselt, was
einen fatalen Eindruck macht und den Raum scheinbar ver-
kleinert. Gespielt wie in Hietzing oder Baden. Der Direktor
Frank ist abgetreten. Wer nicht hören will, muß fühlen.
Mich dauert er."

„1. September. Finde mich gar nicht wohl. Schlecht
geschlafen. Uebermäßiger Schweiß mit Frösteln, dazwischen
Abweichen. Will heute das kalte Bad versuchen, das mir in

ähnlichen Fällen schon gute Dienste geleistet. Wenn es nicht
viel schlimmer wird, reise ich übermorgen doch weiter. Bis
Semlin kann ich überall im Notfall zurückbleiben und krank
sein nach Herzenslust. Weiter hinaus wäre es freilich nicht
mehr thunlich."

„War in der Schwimmschule der großen Donau. Ist
ein etwas heroisches Mittel, aber ich kenne meine Natur.
War im Ofener Museum; einen Litteraten Frankenstein kennen
gelernt. Acceptabler Mann. Mit ihm bei Stankovics gegessen, oder ich vielmehr gefastet. Trank doch ein paar Gläser
starken Wein für den Fall, daß das bekannt schlechte Wasser
von Pest etwa an meinem Uebel teilhätte. Die Frau vom
Hause scharmantes Weib, hübsch, verständig, eine Wienerin,
die schon recht artig ungarisch plappert. Auch der Mann gewinnt bei näherer Bekanntschaft. Nach Tisch der Probe einer
ungarischen Dilettantengesellschaft beigewohnt. Alle gut gespielt. Die Sprache im Munde der Weiber häßlich. Bei
Männern klingt sie besser, aber grimmig."

„2. September. Fühle mich recht krank. Gepackt, geärgert. Im Wirtshause die schlechteste Bedienung, die mir
je vorgekommen. Mein englischer Reisegefährte Mr. Smith
suchte mich auf, mir die Arbeiten an der neuen Donaubrücke
zu zeigen. Erstaunenswürdig, kolossal. Verstehe nichts davon.
Gehen ins ungarische Theater, das ich noch nicht gesehen.
Gaben den Barbier von Sevilla. Die Vorstellung schlecht
zu nennen wäre niedrige Schmeichelei. Sie war unter aller
Vorstellung. Pantaleoni sang den Almaviva italienisch und
ließ alle Recitative, hier gesprochene Prosa, aus. Eine Mamsell
Eder, vielleicht die von Wien, Rosina. Bei ihr allein kann
man den Positiv ‚Schlecht‘ brauchen. Die andern, Pantaleoni
eingeschlossen, gehören schon in die Vergleichungsstaffel. Abends
noch im Wirtshaus geärgert. Früh zu Bett."

„3. September. Um $\frac{1}{2}$ 2 Uhr nach Mitternacht aufge-

wacht. Schweiß, heftiger Puls, recht üble Empfindung. Denke
schon an die Möglichkeit, auf dieser Reise zu sterben. Non
curat Hyppoclides. Um ½ 5 Uhr zum Dampfschiffe, noch
vorher von dem ganzen Hause angebettelt und geplündert.
Sitze jetzt am Bord und schreibe. Kälte, starker Wind."

„Die Gegend um nichts schöner als zwischen Preßburg
und Pest. Ein paar Holländer und ebensoviel Engländer,
die die Reise bis nach Konstantinopel machen wollen, zeigen
sich als recht artige Leute. Földvar, Tolna, Baja Anhal-
tungsstationen präsentieren sich recht gut. Meine Gesundheit
scheint besser zu werden. Mittagessen in der Kajüte wegen
des stürmischen Windes. Ueberhaupt wenig Genuß. Gegen
Abend Mohacs, wo man sonst zu übernachten pflegt, heute
aber des Mondscheins wegen vorüberfährt. Ueberall die ganze
Population am Landungsplatze. Abends bietet mir der wackere
Kapitän Ferno eine leergewordene Kabine an, und ich schlafe
die erste Nacht gut seit Beginn meiner Reise. Da die Kabine
gerade der Maschine gegenüber liegt, glaubte ich anfangs
wegen des Gepolters nicht einschlafen zu können, es ging aber
bennoch, und gegen Morgen wachte ich vielmehr gerade darum
auf, weil es ruhig wurde, da nach Untergang des Mondes
das Schiff anhielt."

„4. September. Gegen 5 Uhr neues Gebrause. Das
Schiff setzt sich in Bewegung. Ehe ich noch aufs Verdeck kam,
war Erdöd bereits passiert. In der Nacht waren wir bei
Agatin stille gelegen. Ein Graf Seszen mit seiner liebens-
würdigen Gemahlin. Beide sprachen recht gut. Die Gesellschaft wird immer kleiner. Der Kapitän und der ältere Holländer, sowie der jüngere der beiden Engländer sind vortreffliche Leute. Ich selbst kann über dem Gestrampfe und Gebrause nicht viel Vernünftiges denken. Um so besser vielleicht.
Diät ist nicht bloß dem Körper vorteilhaft. Nicht übel bei
Oller u. s. w. Schön gelegen Peterwardein, besonders von

ferne nimmt sich die Festung gut aus. Karlowitz schön. Von
da aber bis Semlin niederträchtig."

„Die Gegend steckt die Gesellschaft an, man langweilt
sich. Eine hübsche Frau aus Neusatz war noch das letzte
gewesen. Auch sie hat sich entfernt. Zwei Minister des ab=
gesetzten Michael Milosch sind zu Peterwardein an Bord ge=
kommen. Der eine, ganz europäisch gekleidet, saß bei Tische
neben mir. Er gefiel mir ausnehmend, so verständig und
mild waren seine Aeußerungen. NB. Ich wußte damals noch
nicht, wer er war. Das Wetter, das vormittags leiblich ge=
wesen war, wurde gegen Abend stürmisch und kalt."

„Endlich zeigen sich Berge im Hintergrunde, Belgrad wird
sichtbar auf einem sanft verlaufenden Hügel. Macht ganz
den Eindruck einer Festung. Semlin scheint ein armseliges
Nest. Der Kapitän beschließt, die Nacht durchzufahren. Kann
daher Belgrad nicht besehen, wie meine Absicht war. Eine
Kajüte wird mir auch heute eingeräumt."

„5. September. Morgens waren wir schon über Se=
mendria hinaus, und die schöne Gegend, die dort sein soll,
ging verloren. Baron Forgatsch, der bekannte Regulierer der
Donau, war abends auf unser Schiff gekommen. Er gibt
sich heute zu erkennen und zeigt seine Pläne, von denen ich
nichts verstehe. Ich bin überhaupt ganz dumm von dem
ewigen Gestampf und Gepolter. Schon bei der Nacht hat es
heftig geregnet. Es setzt mit Unterbrechungen fort, und ist
überhaupt kalt und unfreundlich. Wenigstens gibt es jetzt
Berge an den Ufern, und man ist der langweiligen Aus=
sicht los."

„Ungefähr um 11 Uhr vormittags kamen wir nach Tren=
kowa und nahmen dort Abschied vom Samson. Mit kalter
Küche und Wein versehen. Da die Fahrt über die ersten
Wirbel der Donau sieben Stunden dauern sollte, begaben
wir uns auf ein Ruderschiff, mit Walachen bemannt. Die

Wirbel der Donau sind bei hohem Wasser, wie jetzt, völlig unbedeutend. Dafür war das Wetter elend. Regen, Wind, Kälte. Die äußerst schöne Gegend konnte für so viele Unbequemlichkeiten nicht entschädigen. Abends in Alt-Orsova. Besseres Wirtshaus als zu erwarten war. Meine Mißstimmung dauert fort. Veteranische Höhle."

„6. September. Da die Abfahrt erst um 3 Uhr nachmittags stattfindet, beschlossen wir, Mehadia zu besuchen. Um 7 Uhr morgens abgefahren. Die Gegend schön, übrigens nicht schöner, als man vieles schon gesehen. Mehadia hübsch, ja elegant. Räuberhöhle. Die Gegend scheint weiter ins Thal immer schöner zu werden, wir mußten aber zurück."

„Mittagessen. Um 3 Uhr Abfahrt auf einem Ruderboote durch das eiserne Thor. Die Wirbel kaum stärker als auf der ersten Strecke. Ankunft in Klabo Solova. Besteigen die Argo. Sogleich Abfahrt."

„7. September. Morgens um 5 Uhr Ankunft in Widdin. Ein paar recht gebildete macedonische Griechen, die in Orsova zu uns gestoßen, führen den älteren Holländer und mich in die Stadt. Ein elenderes Nest kennt die Erde nicht. Bazar sozusagen. Straße der Fleischer, furchtbares Pflaster. Steigen in dem äußeren Gang der Moschee empor. Der Tempel ganz leer. Eine Art Hühnerstiege führt zu einer Art Kanzel hinauf. Die Fenster mit farbigen Gläsern. Ungeheure Lampen und Kronleuchter. In einem Winkel am Boden kauert der Priester und singt in klagendem Tone Gebete herab. Die Griechen führen uns zum griechischen Erzbischof ein. Einer der schönsten Männer, die ich je gesehen, bei oder über sechzig Jahre, weiße Haare und Bart, die Hände noch weißer wenn möglich. Wir sagen uns Komplimente, die die Macedonier verdolmetschen. Man bringt Pfeifen, eingemachte Früchte und Kaffee. Die Abfahrt des Schiffes nötigt zum Abschied. Das Dampfboot hat sich indes mit Türken, Bulgaren, Juden

und Jüdinnen ſamt Familie gefüllt, ſo daß wir einer türki=
ſchen Kolonie gleichen. Die Kinder amüſieren ſich auf kleinen
Nürnberger Trompeten. Die ganze Geſellſchaft frühſtückt mit
Weintrauben, Melonen, ſtinkendem, mit Ochſenſchmalz vulgo
Unſchlitt bereitetem Brot, wozu ſie Waſſer trinken, ſo daß ſich
einem vom Anſehen der Magen umwendet. Ein reicher Kauf=
mann, der einen Bedienten zur Begleitung hat, ausgerüſtet
wie ein Zeughaus. Kaffee um 8 Uhr, Gabelfrühſtück um
9 Uhr, ſo daß wir eigentlich viel ekelhafter ausgehalten
als die Türken. Doch die Not zwingt zu eſſen auch ohne
Hunger, denn das Mittageſſen ſoll erſt um 4 Uhr ſtatt=
finden. Angenehmer Reiſetag, das Wetter, den Wind abge=
rechnet, beſſer als an den vorigen Tagen. Die ab und zu
kommenden Türken, halb Pracht und halb Lumpen, bringen
Abwechſelung in die Scene. Der bosniſche Kaufmann, ein
goldgeſticktes Schnupftuch vor ſich und Löcher in den Strümpfen.
Die Donauufer ſo abgeſchmackt wie immer mit kurzen Unter=
brechungen durch ländliche Gegenden. Meine Homerlektüre
kommt ins Stocken, da ich in der Betäubung manche Stelle
nicht verſtehe. Nikopolis. Nachts liegen wir in Siſtov ſtill.
Hatte Thee getrunken, konnte nicht ſchlafen. Verdächtiges
Gekrabbel über den Körper. Der alte Engländer, begleitet
von dem älteren Holländer, ſchnarcht. Der junge Engländer
kramt bis Mitternacht herum. Die walachiſchen Schildwachen
von Siſtov her rufen ſich unaufhörlich an. Das Kalb, das
unſer morgendes Mittagsmahl bilden ſoll, blökt auf dem
Verdecke. Jeden Augenblick Störung durch einen Aufſtehen=
den, der über die Lagerſtätten hinwegſteigt. Endlich doch mit
Unterbrechung geſchlafen, gegen 4 Uhr das letzte Mal erwacht.
Die beiden macedoniſchen Griechen nehmen Abſchied. Das
Schiff ſetzt ſich in Bewegung.“
    „8. September. In Ruſtſchuk findet ſich endlich mein
Reiſegefährte ein. Beſehe mit ihm die Stadt. Dieſes Reich iſt

verloren. Der Untergang ſteht nicht bevor, er iſt ſchon da.
Ich wollte, unſere Staatsmänner reiſten nur bis hierher, um
die Nichtigkeit ihrer Hoffnungen der Wiederherſtellung einzu-
ſehen. 800 Kanonen in der Feſtung mit verfaulten Lafetten
ohne Bewachung, ohne Bedienung. Die Straßenjungen
ſpielen mit den Kanonenkugeln und Bomben. Die Häuſer
Trümmer. Es iſt aus, da hilft kein Gott. Siliſtria, die
einſt ſo ſtarke Feſtung, in noch ſchlechterem Zuſtande. Nachts
in Czernaboda angekommen. Der furchtbare Lärm auf dem
Schiffe hört darum nicht auf. Der Kapitän beſitzt die Kunſt,
immer etwas Störendes zu erfinden, die Wanzen kommen ihm
zu Hilfe. Gegen $1/_2 2$ Uhr hört das Gelärm auf und fängt
vor Tage wieder an.“

„9. September. Liegen in der abgeſchmackteſten Gegend des
römiſchen Kanals nach Kuſtendſche. Müſſen hier den ganzen
Tag aushalten, bis die Wagen zur Landfahrt anlangen. Alſo
noch eine Nacht in dieſer Wanzenhöhle. Die jungen Leute
wollen auf die Jagd gehen, und ich werde ſie begleiten, um
die Zeit hinzubringen, denn Gewehre ſind nur zwei vorhanden. Das Wetter beginnt ſich zu trüben.“

„Die Jagd ſo unglücklich als möglich. Schoß nur einmal auf einen Pelikan, der zu hoch war, und den ich daher
fehlte. Die Hunde ſchlecht, die Rebhühner hielten nicht aus.
Verlieren uns endlich, und kehre mit dem älteren Holländer
allein nach dem Schiffe zurück. Ueberall Wüſte, nichts als
Wüſte. Schlafe in der Kajüte des Majors, wo wenigſtens
die Wanzen minder häufig ſind, und die ungeheuren Mücken,
die ſtechen wie Moskitos, ausgeſchloſſen ſind.“

„10. September. Morgens um 7 Uhr zu Wagen weiter.
Nirgends ein Dorf, höchſtens Kirchhöfe als Ueberbleibſel von
früher. So fort durch zwanzig deutſche Meilen. Die Pferde, wo
es möglich, im Galopp, ja in Carriere. Eine Reihe von
Seen rechts am Wege, mit Waſſergeflügel überſät. Nie in

meinem Leben sah ich mehr Rebhühner. Geier, Habichte, auf alten Grabhügeln sitzend. Mitte Weges beim sogenannten Kaffeehause Streit mit einem Türken, dem sein Wagen erster Klasse zu schlecht ist, obwohl er nur für die dritte bezahlt hat. In der Nähe von Kustendsche Anblick auf das Schwarze Meer. Sieht aus wie ein dunkelblauer Hügel. Ostwind droht eine schlechte Ueberfahrt. Ankunft in Kustendsche. Zerstört wie alles Türkische. Kollation mit Seefischen, die wohlthat, da wir seit 5 Uhr nichts genossen, und da nur eine Schale Kaffee. Wollen das weitere erwarten."

„Wir waren mit dem Kommissär der Dampfschiffgesell= schaft vorausgefahren. Die übrige Gesellschaft kommt nach einer Stunde nach. Gehen an das Meer hinaus. Er= frischender Seegeruch. Ziehen uns aus, zu baden. Der junge Engländer schwimmt zum Dampfschiff auf die Reede hinaus. Ich begnüge mich, meine Uebungen näher dem Ufer anzu= stellen. Unangenehmer Geschmack des Seewassers. Das Wasser ist kälter, als ich vorausgesetzt. Die warme Suppe und der Tenedoswein meines guten Mittagmahles machen erst die Wohlthat des Seebades fühlbar. — Um 8 Uhr zum Dampfschiffe, das klein, aber zur Nachtruhe gut ausgerüstet ist. Um Mitternacht setzt sich das Schiff in Bewegung. Schlafe glücklicherweise ein."

„11. September. Morgens um 4 Uhr erwacht. Die ge= fürchtete Nacht ist vorüber. Das schönste Wetter. Die See ist ruhig trotz der entgegengesetzten Vorhersagungen. Rings= herum nirgends Land sichtbar. Springende Delphine umgeben das Schiff."

„Der Tag ging in Glanz und Annehmlichkeit vorüber. Als wir aber vom Mittagessen, das, halb orientalisch zubereitet, meinem Magen nicht behagen wollte, aufstanden und aufs Deck hinausgingen, hatte schon der dem Laufe des Schiffes entgegengesetzte Wind sich verstärkt, und die Bewegungen wurden unangenehm. Je mehr wir uns den Strömungen des Bosporus näherten, um so mehr vermehrte sich dies, und als wir abends mit einer Partie Whist die Zeit töten wollten, wurde mir wenigstens das Schwanken schon so unangenehm, daß ich, um der heißen Kajüte zu entgehen und in freier Luft dem Uebel besser gewachsen zu sein, aufs Verdeck hinaus ging und mich dort niedersetzte, das weitere erwartend. Der Wind blieb scharf. Das Schiff wankte, rollte, kollerte, von meinem Magen peristaltisch beantwortet, und bald war mir herzlich übel, jedoch ohne Neigung zu erbrechen. Ich suchte auf alle Weise durch Gedanken der Lage Meister zu werden, und es gelang auch für kurze Zeit. Die Natur behielt aber die Oberhand, und die Anstrengung der Selbstüberwindung verschlimmerte vielleicht meinen Zustand. Ermüdet nickte ich ein, erwachte, fühlte das Uebel im Magen vermehrt, lehnte mich wieder zurück und so fort. Nachdem das ein paar Stunden gedauert hatte, überkam mich auf einmal ein sonderbares Gefühl. Eine angenehme, fast wollüstige Empfindung bemächtigte sich meiner, in der mir jede noch so gewaltsam empfundene Bewegung des Schiffes höchst wünschenswert schien, nur der Magen blieb gleich schlecht wie früher. Da dachte ich, es sei Zeit, den Schlaf in der Kajüte zu versuchen. Das Rollen war hier minder, aber meine Uebelkeit dieselbe. Endlich schlief ich doch ein und schlief fort, wohl nur, wie ich später hörte, weil der Kapitän sich am Eingange des Bosporus vor Anker legte, da man vor Tagesanbruch in denselben nicht einfahren darf. Während der Zeit mochten wohl die Bewegungen des Schiffes geringer sein. Lange vor Tag erwachte ich, leidend, krank. Man rief uns nämlich in die Kajüte hinab, die Leuchttürme seien im Gesicht. Stieg aufs Verdeck, wo man kaum noch die Gegenstände unterscheiden konnte. Endlich wurde es lichter und lichter, die Sonne ging auf und beleuchtete die europäische Küste."

„12. September. Was man von der Schönheit des Bosporus gesagt hat, ist, mit Einschluß der Uebertreibung, buchstäblich wahr, denn die Uebertreibung ist der Erhebung natürlich. Anfangs trat mein Uebelbefinden störend entgegen, bald aber wurde der Eindruck zu mächtig, und ich gab mich völlig hin. Man hat die Lage von Konstantinopel der von Neapel vorgezogen, vielleicht mit Unrecht, was die Schönheit betrifft, sie ist aber ausgedehnter, kolossaler und dadurch mächtiger. Beinahe durch vier Stunden Weges folgen sich, anfangs bloß auf der europäischen, dann aber auch an der asiatischen Küste Befestigungen, Schlösser, Dörfer, Paläste in ununterbrochen reizender Fortsetzung. Die Welt hat vielleicht nichts, was sich damit als Ganzes vergleichen läßt. Einzeln betrachtet dürften bloß die Festungen die Probe aushalten. Die Paläste der Türken sind nur aneinander geschobene Lusthäuser. Ihre Lebensart zeigt auch im Luxus, daß sie aus der Genügsamkeit hervorgegangen ist. Dazu noch all diese Gebäude von Holz. Ich gestehe, daß die Aufklärung über diesen letzten Punkt mir die Hälfte des Genusses genommen hat. In der Ferne jedoch, und ehe man derlei weiß, nimmt sich alles herrlich aus. So geht es denn fort. Ununterbrochen Festungen und Batterien zu beiden Seiten. Das reizende Bujukdere, Therapia, das europäische und asiatische Schloß. Leanders Turm, jetzt, denk' ich, ein Spital. Darüber hinaus die Spitze des Serails mit seinen Mauern, die spanischen Wänden gleichen. Von hinten hervorblickend die Kuppel der Sankta Sophia. Rechts Galata mit der Einfahrt in den Hafen. Links Skutari an der Küste von Asien."

„Das Schiff hält und ist bald von Kaiken und Lohnbedienten umringt. Wir wählen einen der letzteren, vertrauen uns einer der ersteren und stoßen vom Schiffe ab, sehen uns aber bald von einer Barke des Zollamts angehalten mit Beamten, die durchaus auf Visitation bringen. Marinowitsch, der mit uns ist, wirft aber den Beamten ein kleines türkisches Goldstück und ein paar desto größere Grobheiten zu, und man läßt uns passieren. Wir steigen auf der Stiege von Pera aus, wo Lastträger, die sich durch eine Art Sättel zu Kamelen umgeformt haben, jeder eine Last mehrerer Männer aufnehmen, und jetzt geht die Wanderung durch die Hotels an, die sich alle besetzt finden. Endlich im Hotel Bellevue notdürftiger Platz. Gewaschen, gebügelt, rasiert. Collazione, an der zwei widerliche Franzosen teilnehmen. Beschließen darauf, unsere englischen und holländischen Reisegefährten aufzusuchen, von denen wir etwas abrupt abgekommen waren. Finden sie in drei Hotels zerstreut. Machen mit ihnen einen Gang durch die Stadt. Zuerst, als in der Nähe liegend, die tanzenden Derwische. Jedermann weiß, was da geschieht. Wie ein übelklingender Gesang mit allerlei Gurgeleien von einer Art Tribüne herab von einer einzelnen Stimme den Anfang macht, dann der Umzug der Mönche, wobei sie ihren sitzenden Vorsteher kadenzenmäßig durch Verbeugungen grüßen. Hierauf Instrumentalmusik, wenn eine Rohrflöte, ein Dudelsack und eine Trommel für Instrumente und die ärgsten Mißtöne für Musik gelten können. Endlich erschallt von derselben Tribüne herab ein heftiges Geschrei, wohl als Gesang gemeint, und nun beginnt, dreimal unterbrochen, anfangs langsam, dann aber immer schneller, ohne je wild zu werden, der Drehtanz der Derwische. Sie werfen dazu ihre verschiedenfarbigen Mäntel von sich und sind darunter weiß in Jacken und Unterröcken gekleidet. Die Füße nackt, das Haupt mit kegelförmigen Filzmützen bedeckt. Der Tanz bewegt sich in zwei oder drei Kreisen, zwischen welchen ein blau gekleideter, nicht tanzender Derwisch gemessen auf und nieder geht. Auch der Vorsteher tanzt nicht, sondern sitzt außer den Kreisen. Man hat die Bewegungen als heftig und wild beschrieben, ich habe sie eigentlich graziös gefunden. Ein paar hübsche junge Bursche

von höchstens achtzehn Jahren, der eine in den Farben der
Gesundheit, der andere bleich und hager, die Augen geschlossen,
das Haupt gegen den emporgestreckten rechten Arm und dieser
dem Haupte entgegen geneigt, wobei sie den linken mit herab=
hängender Hand gerade vor sich strecken, die Verzückung einer
süßen Begeisterung auf den Lippen — sahen so reizend aus,
als ein Mann nur immer einen Mann finden kann. Die
Aelteren nahmen die Sache etwas berufsmäßiger. Auch die
Begrüßung des Vorstehers im Vorüberwandeln hätte manchem
Ballettcorps zum Muster dienen können."

„Hierauf in den Bazar. Unabsehbare Hallen mit Kauf=
mannsbuben oder vielmehr Kramläden, denn die meisten
scheinen mit 50 Dukaten auszukaufen zu sein. In eine Bude
eingetreten, werden mit Kaffee und Pfeifen bewirtet. Kaufen
einige Kleinigkeiten. Ein Damascener Säbel um 3000 Piaster
geboten. Zu Tisch nach Hause. Wenigstens nicht die schmierige
orientalische Fettküche. Französischer Wein. Früh zu Bette.
Lange vor Tag aufgewacht, vielleicht durch die Kälte, die
unter einfacher Bettdecke grimmig war. Im September in
Konstantinopel!"

„13. September. Frühmorgens zum Bankier, um Geld zu
holen. Später zum Gesandten. Scheint kein unebener Mann.
Ladet uns für denselben Tag zu Tisch. Diem perdidi. Das
Mittagsmahl und der damit zusammenhängende Abend war
angenehmer, als ich mir vorgestellt hatte. Die Gräfin, ob=
wohl geborene Französin, spricht sehr gut deutsch und hatte
den richtigen Takt, in dieser Sprache zu reden, um die andern
ungehindert sprechen zu machen. Sie ist ein gescheites, wie
es scheint, völlig gebildetes Weib. Das Gesandtschaftspersonal
besteht aus angenehmen, größtenteils jungen Leuten. Darunter
der junge Schwarzhuber mit dem redlichen Gesichte seines
Vaters. Kam mir beinahe sonderbar vor, von Poesie,
von meinen eigenen Arbeiten zu reden, was ich seit Jahren

nicht gethan. So ward aus Morgen und Abend der zweite Tag unseres Aufenthalts."

„14. September. Maierhofer hatte Geschäfte in Therapia, und ich beschloß, ihn zu begleiten, teils weil ich den Bosporus bei der Durchfahrt doch nicht genau genug besehen zu haben glaubte, teils weil unser Lohnbedienter notwendig mit ihm fahren mußte. Fuhren um 7 Uhr morgens auf einer vierruderigen Barke ab. Stiegen in Jeniköi aus, weil M. den Fürsten der Walachei zu besuchen hatte, der aber eben im Begriff war, nach Konstantinopel zu fahren. Weiter fort an den herrlichen Ufern und an den leider hölzernen und nur im ganzen imposanten, im einzelnen kleinlichen Häusern. In Therapia Herrn Alutrant besucht, an den ich Briefe habe. Die Maschinenwerkstätte der Dampfschiffahrtskompanie besehen. Langweilig. Endlich nach Bujukdere, wo wir Essen bestellten und indes spazieren gingen. Aus den Fenstern des Landhauses des spanischen Gesandten tönte Musik. Es waren altitalienische Duette, beinahe schien es Solfeggien für Sopran und Alt mit Begleitung des Fortepiano. Die Stimmen waren nicht gerade schön, sie sangen aber die ungemein schwierige Musik sehr richtig, und es machte mir unendliches Vergnügen, da ich strenge Singsachen liebe und jetzt so lange keine Musik gehört habe. Darauf besahen wir die Gegend hinter dem Orte, wo die Gegend jener von Weibling gleicht und den Vorzug vor ihr nur durch eine Baumgruppe von sieben Bäumen, i setti fratelli, behauptet, dergleichen man bei uns wirklich nicht sieht. Im Rückfahren nahmen wir zu Therapia Herrn Alutrant ins Schiff und ließen uns ans asiatische Ufer überfahren, wo wir in dem famös gewordenen Hunkiar Skalessi ans Land stiegen. Zum erstenmal Asien betreten. Wenn ich die Gegend von Bujukdere mit der von Weibling verglichen habe, so brauche ich mich nicht im Verdachte der Exaltation zu haben, ich kann daher sagen, daß

ich etwas diesen asiatischen Baumgruppen Aehnliches nie ge=
sehen habe. Es ist etwas Weiches, Partien= und Gruppen=
artiges in ihnen, das den unsern fehlt. Besonders zeichnen
sich die Eschen aus, dunkler als bei uns, massenhafter und
doch unendlich zarter. Ich war eigentlich hingerissen."
  „Der Abend nahte, und wir mußten nach Hause. Die
Wasser des Bosporus himmlisch in der untergehenden Sonne.
Durch die bereits dunkeln Straßen nach Hause. Ein wunder=
schöner Knabe zu Pferde. Wahrscheinlich — Ein Glas Wein
getrunken und zu Bette."
  „15. September. Unsere englischen und holländischen
Freunde holten uns verabredetermaßen ab, um den Zug des
Sultans in die Moschee zu sehn. Unglücklicherweise hatte er, da
er den Palast Beglerbeg auf der asiatischen Seite bewohnt, für
die heutige Freitagsandacht eine kleine Moschee bei Skutari
gewählt, wo er denn zu Schiffe ankommen und der größte
Teil des militärischen Pompes wegfallen mußte. Wir fuhren
in einer vierruberigen Barke hinüber und postierten uns,
wahrscheinlich allen Verordnungen entgegen, auf der Terrassen=
treppe eines leerstehenden Hauses, wo der Sultan vorüber=
fahren mußte und niemand stand als wir. Lumpige Truppen
machten Spalier. Offiziere von allen Sorten und Graden.
Bald verkündigten Kanonenschüsse die Ankunft des Herrschers.
Ein paar Barken mit Adjutanten als Avantcoureurs. End=
lich die von Gold strahlenden Staatsbarken, mit prächtig ge=
kleideten Ruderern besetzt, es waren drei, in der mittleren,
wenn ich mich recht erinnere, saß der Sultan unter einer Art
Thronhimmel. Er sieht nicht übel aus, und hart an uns
vorüberfahrend, blickte er uns scharf an. Die See ging hoch,
und ein halb Schiffbruch leidendes Kaïk mit einem General
am Bord vertrieb unsere Schiffsleute von ihrem Standplatze,
so daß wir mit Lebensgefahr über Hals und Kopf in unser
Schiff springen und sogleich abstoßen mußten."

„Wir beschlossen, nach den süßen Wassern Asiens zu fahren. Der starke Wind und die gewaltige Strömung machten die Fahrt schwierig. Schon früher war ein kurzer, aber heftiger Regen eingetreten, der uns zwang, in einem Kaffeehause von Skutari Zuflucht zu nehmen, wo man uns mit Kaffee und Pfeifen bediente. Während der Regen noch dauerte, fuhr der Sultan zurück. Diesmal ohne Thronhimmel, einen roten seidenen Regenschirm (parapluie) über den Kopf gehalten."

„Die süßen Wasser entsprachen als Gegend ihrem Rufe nicht; einige schönere Bäume, unbedeutende Hügel, nicht mit Hunkiar Skalessi zu vergleichen. Das Gras fand ich naß, die Wege kotig, weshalb auch wenig Gesellschaft, größtenteils aus Weibern und Kindern bestehend, da war. Sämtlich in bunten, vergoldeten, kugelförmigen Wagen, teils von Pferden, teils von Ochsen gezogen, wovon mir die letzten mit hohen Quasten gezierten Halbbogen an dem Kopfzeuge geschmückt und nebstdem wunderschöne weiße Tiere, am besten gefielen."

„Ein Gaukler mit einer Baskentrommel und ein sich überschlagender und umkollernder Knabe unterhielten die Weibergesellschaft, von denen die vornehmeren, wahrscheinlich des durchnäßten Grases wegen, ihre Wagen nicht verließen. Sogar komödienartige Reden schienen manchmal eingemischt. Näher konnten wir die Sache nicht untersuchen, denn die Polizeisoldaten wiesen uns, obgleich höflich, von dem Weiber=kreise zurück. Nach Hause gekehrt. In demselben Hause die Gräfin Hahn=Hahn. Deren Bekanntschaft gemacht. Sie scheint natürlich, wenigstens spricht sie so. Gefiel mir weit besser, als ich erwartete."

„16. September. Gestern schon hatte uns Herr Surmont angekündigt, daß er durch den holländischen Gesandten einen Ferman zur Besichtigung der Moscheen für heute erhalten habe. Wir gingen daher um 9 Uhr morgens zu ihm, oder

vielmehr er kam uns auf dem Wege entgegen. Es hatte sich
eine zahlreiche Gesellschaft eingefunden, und wir machten uns
alle auf den Weg über die Hafenbrücke nach Konstantinopel.
Die erste Moschee, die wir besuchten, war die Sultan Soli=
mans, nach Sankta Sophia die größte und am meisten bewun=
derte. Diese kolossalen Porphyrsäulen, aus denen man nichts
zu machen gewußt hat als Strebepfeiler für die darauf ge=
stützten Bogen, diese Bogen selbst, die von weiß und schwarzem
Marmor gestreift die Idee der Festigkeit aufheben, welche die
Idee des Bogens ist; diese kahlen Wände, durch nichts unter=
brochen, machten einen ungünstigen Eindruck auf mich. Dazu
diese Menge von Lämpchen und Lampen, die auf Reifen und
spinnenähnlichen Kronleuchtern über dem Kopfe des Beschauers
schweben; das Gemisch edler Säulen und abgeschmackter
Barbarei, das Ganze macht einen wüsten und müßigen Ein=
druck. Mir gefiel es nicht. Prächtig und würdig zugleich
ist das daneben stehende Grab Suleimans, wo er mit zwei
Söhnen und drei Weibern bestattet liegt. Die Wände mit
einer Art buntem Porzellan überzogen, die Geländer mit
Schildpatt und Perlmutter eingelegt. Auf dem Sarge der
kaiserliche Turban mit zwei Reiherbüschen.''

„Es fing jetzt an zu regnen, und wir mußten uns mit
Parapluies bis Stur Osmage, einer kleinen, aber sehr hüb=
schen Moschee, durcharbeiten. Sie ist ohne Prätension, ohne
mißbrauchte Säulen ganz im orientalischen Stile gebaut,
freundlich und hell, und gefiel mir deswegen.''

„Von da nach Sankta Sophia. Da unterdessen die
Gebetsstunde gekommen war, wurden wir nicht eingelassen,
und setzten uns, um abzuwarten, vor einem nahebei liegenden
Kaffeehause nieder, wo Pfeifen und Kaffee, wie natürlich,
gereicht wurden. Mittlerweile hatte sich noch ein Anstand
erhoben. Der geistliche Vorsteher weigerte sich, mehr Personen,
als in dem Ferman angegeben waren, einzulassen, nämlich

zwei, indes unsere Gesellschaft beinahe aus dreißig bestand. Die Verdoppelung des gewöhnlichen Geschenks hob auch diese Schwierigkeiten. Wir wurden eingelassen, vorderhand aber nur in die Emporkirche. Es ist schwer, eine Beschreibung von dem Eindruck zu geben, den dieses Gebäude macht. Ich habe nichts Kirchliches gesehen, was sich damit vergleichen ließe. In rötlichgrauen Marmor gekleidet, der an mehreren Stellen höchst glücklich von Tafeln dunklerer Farbe unterbrochen wird, hat das Ganze ein ernstes, aber keineswegs finsteres Ansehen wie die gotischen Kirchen. Die herrlichen Säulen müssen zwar auch hier Bogen tragen und sind noch dazu doppelt übereinander gestellt, aber die der Kuppel zur Stütze dienen= den Pfeilerwände geben einen so massenhaften Gegensatz, daß eines durch das andere gehoben und getragen wird. Die Mosaiken der Kuppel und Decke sind von den Türken über= weißt worden. Man beklagt das mit Recht, vielleicht aber auch ist das Ganze durch sie schwer geworden, wie in St. Markus in Venedig. Den Fußboden haben die Türken durch Legen der Teppiche ganz ins Schiefe gezogen, um die Richtung nach Mekka zu erhalten. Man führte uns endlich auch ins Erd= geschoß hinab, obschon das Gebet noch nicht vorüber war. Die Versammlung belief sich nicht auf viele Personen. Dar= unter mehrere Pilger aus Mekka, dunkle, sonnenverbrannte Araber und ein wunderlicher Kerl, ein Verrückter, wie uns der Lohnbediente sagte. Mit einem ungeheuren, wenn ich nicht irre, grünen Turban, scharlachrotes Kleid bis an die nackten Kniee reichend, den Gürtel bestedt mit Dolchen und Pistolen, eine Art Hellebarde auf der Schulter. Er ging wie der Hahn auf dem Miste umher und maß uns mit zornigen Blicken. Auch unter den arabischen Pilgern schien sich eine erregte Stimmung zu verbreiten, und endlich riet uns der Kawaß, der uns begleitete, fortzugehen, da es sonst zu einem Ausbruch kommen könne. Wir folgten seinem Rate, und am

Ausgange verabschiedete uns der verrückte rote Kerl oder ein ihm ähnlicher, da ich nicht begreifen kann, wie der andere vor uns aus der Thür kommen konnte. Auch trug er dies= mal statt dem Spieß eine Fahne. Er sah uns furchtbar an und stieß einen Schrei aus, der zwischen dem Wiehern des Pferdes und dem Krähen des Hahnes die richtige Mitte hielt. Es mochte wohl eine Drohung oder Beschimpfung sein."

„Das Serail, obwohl unser Ferman auch darauf lautete, konnten wir nicht besehen, da der Sultan eben am nämlichen Tage es bezogen hatte. Wir begnügten uns daher mit dem inner des ersten Thores in der ehemaligen Irenenkirche liegenden Zeughause, das höchst unbedeutend ist."

„Nun war aber noch das Wichtigste zu thun, nämlich nach Hause zu kehren, während es in Strömen regnete. Wagen gibt es bekanntlich in Konstantinopel nicht, und unsere Wohnung war leicht eine volle Wegstunde entfernt. Es blieb keine Wahl. Wir stürzten uns in den Platzregen, ließen uns in einem bereits tüchtig durchweichten Kaik übersetzen und kamen endlich durchnäßt wie nie in meinem Leben in unserer Wohnung an. Das bald darauf folgende Mittagessen ver= bannte die eisige Kälte aus den Gliedern, und wir konnten abends dem Gesandten einen Besuch machen und so liebens= würdig sein, als es die Umstände erlaubten."

„17. September. In der Nacht ein fürchterlicher Sturm. Zwei Schiffe gingen im Hafen zu Grunde. Das wichtige Geschäft des Frühstücks abgethan, dies freilich von einer andern Konsistenz als unseres zu Hause. Die Franzosen ent= göttlichen sich etwas. Der Major hat Geschäfte. Ich will allein mit dem Dragoman ausgehen. Es regnet. Sind heute bei dem Gesandten zu Tische. Prokeschs asiatische Reise= erinnerungen sollen mir die Zeit verkürzen helfen."

„Doch mit dem Lohnbedienten allein ausgegangen. Ein paar noch nicht gesehene Straßen durchlaufen, die nichts

Interessantes darbieten. Die große Cisterne besehen, die ihren
Gehalt von den süßen Wassern Europas empfängt. Ein
stupendes Werk aus den Zeiten der Konstantine mit unge=
heuren Granitsäulen, soweit das Auge reicht. Die Spitzsäule
ägyptisch. Die Basis schlecht. Arbeit aus der Zeit des
Theodosius. Die halb zerstörte Schlangensäule, die einst drei=
fach gewunden gewesen sein soll, jetzt aber nur einfach ist,
und von der man viel fabelt. Die aller Zierden beraubte
und nur noch aus den übereinander geschichteten Quadern
bestehende Säule des Konstantin. Diese drei Bildwerke sollen
die Richtung der Spina des ehemaligen Hippodroms bezeich=
nen. Beginnt zweimal zu regnen. Da ich nicht Lust hatte,
noch einmal durchweicht zu werden, nach Hause."

„Mittags beim Gesandten. Das Wetter hatte mich ver=
stimmt und die Verkühlung von gestern. Das Gespräch
wollte sich nicht geben. Verfiel in jene beliebten Abwesen=
heiten, die so angenehm machen. Später kamen mehrere
Leute, und das Gespräch wurde französisch geführt. Wäre
gerne nach Hause gegangen, aber der Major spielte, und ich
wußte den Weg nicht. Schlechter Tag."

„18. September. Die ganze Nacht gegossen. Die Straßen
schwimmen im Kot. Suchte Herrn Surmont auf, da der
Major Geschäfte hatte. Surmont war auf den Sklavenmarkt
gegangen, ließ mich eben dahin führen, traf ihn aber nicht
mehr. Besah mir den schändlichen Handel. Die Ware be=
stand aber bloß aus Negern. Ein hübscher Knabe wurde
eben herumgeführt und um 1200 Piaster feilgeboten. Der
Bube schien gar nicht betrübt und folgte ungezwungen dem
Ausrufer. Der größte Teil Weiber, d. h. Mädchen. Wenige
hübsche. Eine sah nicht übel aus, und blickte mich an, als
wollte sie mich zu einem Gebote auffordern. Das Abscheuliche
war in seiner Einförmigkeit bloß widerlich. Ging noch ein
wenig in der Stadt herum, bis mir die Füße vom Pflaster

schmerzten, und dann nach Hause, da der durchweichte Boden keinen Ausflug gestattet. Es stürmt wieder und droht mit Regen. Nichts gut an der Sache, als daß damit wahrscheinlich die Aequinoktialstürme abgethan sind und unsere weitere Seereise hoffentlich gesichert ist. Setze mich hin, um die Iliade zu vollenden und mit Prokeschs Erinnerungen die Karte von Troas zu studieren."

„19. September. Mit Surmont und den beiden jungen Leuten einen Ritt durch die Stadt gemacht, da der Schmutz das Gehen verbot. Auf den Pferdemarkt, wo wir nichts Schönes, wohl aber viel Hübsches und Wohlfeiles sehen. In der neuen Münze, die erst im Entstehen ist und eins der hübschesten Etablissements in Europa zu werden verspricht. Ein Engländer der Direktor, die Arbeiter aber sämtlich Türken, die also schon zu brauchen wären, wenn sie angeleitet würden. Dann ins Arsenal. Eine Reihe der schönsten Kriegsschiffe am Ufer. Im Bagno der Galeerensklaven. Finsternis herrscht da in der Mitte des Tages. Die Leute haben außer der Kette an einem Fuße kaum sonst etwas vom Gefangenen und schcinen freier gehalten zu sein als irgend anderswo. Wenn man damit unsere schweren Kerker vergleicht! Ein darunter befindlicher Deutscher, er mochte ein Preuße oder Braunschweiger sein, mit Bart und Haaren wie der wilde Mann im Harz, redete mich an. Ehe ich ihn aber wieder befragen konnte, war er schon weggedrängt und im Dunkel verschwunden. Schiffdocks, Werfte, Seilerwerkstätte, aber nirgends Arbeiter. Mittags beim Minister, abends ins Theater, wo ein italienisches Sängerehepaar seine Künste zeigte. Hätten leicht viel schlechter sein können als sie waren. Gingen nach dem ersten Akte."

„20. September. Allein mit dem Platzbedienten ausgegangen. Pferde genommen und den Ritt um die äußeren Mauern Konstantinopels gemacht, womit wir in zwei Stunden zu Ende waren. Genau genommen war mir diese Tour das

Liebste, was ich in Konstantinopel bis jetzt mitgemacht habe. Die Türme und dreifachen Mauern verfallen und mit Epheu umwachsen, militärisch vielleicht lächerlich, aber malerisch einer der schönsten Gegenstände. Auch das rechts der Straße liegende Land sehr hübsch. Ungeheuer die Zahl der Feigen= bäume, die in den Gräben wachsen. Den Schluß macht das Schloß der sieben Türme. In der Nähe betrachtet scheint es unbedeutend, von der Ferne aber tritt erst das Innere auch heraus, und dann ist der Eindruck schön, aber keineswegs grauenhaft, wie man vorauszusetzen geneigt ist."

„In die Stadt zurück. Auf den Turm vor dem Hause des Serasfiers gestiegen. Eine schönere Aussicht läßt sich nicht denken. Unter sich die ungeheure Stadt, an die sich, durch Meerarme getrennt, Skutari und Pera als Vorstädte an= schließen. Zwischen den bunten Häusern, die sich in der Ent= fernung gut ausnehmen, die stattlichen Moscheen, von ganz anderer Wirkung als unsere kleinlichen oder gotisch ange= schmauchten Kirchen. Von der einen Seite der schön umgebene Bosporus, von der andern das Meer von Marmora, über die Prinzeninsel hinaus sich in der Ferne verlierend, und ganz im Weiten noch einmal über die Hügel herausleuchtend. Ich habe heute meinen schönsten Tag in Konstantinopel ge= habt. Schon weil ich —

„O Pera, Pera, türkisches Krähwinkel!
Mit Bürgermeister Stahr und seiner Frauen Dünkel."

„21. September. Heute den scheußlichsten Eindruck auf der ganzen Reise gehabt. War in Skutari bei den heulenden Derwischen. Hatte mich schon frühmorgens nicht ganz wohl gefühlt, etwa als Folge der Anstrengung auf dem gestrigen Ritte, mußte noch dazu beim Frühstück den Kaffee versäumen, der mir einmal des Morgens notwendig geworden ist, und ging daher schon etwas unwohl vom Hause weg. Besehen noch im Vorbeigehen die Pferde des Sultans, die mir höchst unbedeutend scheinen. Kamen dadurch, von dem Münzingenieur Mr. Taylor geführt, in die äußeren Höfe des Serails. Das Innere kann man leider nicht besehen, da der Sultan es bezogen hat. Hierauf nach Skutari zu diesen Teufeln von Mönchen. Schon Lokal und Kleidung war so bettelhaft und schmutzig als möglich. Ungefähr dreißig Lümmel und drei Kinder zwischen sieben und neun Jahren. Nach Gebeten, deren Anfang wir glücklich versäumten, fingen sie endlich an zu singen oder vielmehr zu stöhnen, zu grunzen, zu bellen, wobei sie den Leib nach ein= und auswärts und den Kopf nach rechts und links bewegten, etwa den Bewegungen eines Schiffs im Sturme ähnlich. Der Vorsteher in der Mitte gab das Tempo an. Von langsam immer schneller und schneller. Nun hoben sie auch stampfend die Füße. Das Geheul wurde immer stärker. Tief im Baß stießen sie immer die Silbe hom! hom! aus, während eine schneidende Tenorstimme falsch in einer ganz verschiedenen oder vielmehr gar keiner Tonart schrillend dazwischen sang. Bald schienen sie nur noch das Mittel zu halten zwischen brandenden Wogen und galoppierenden Pferden. Einer von ihnen, ein wilder Kerl mit struppigen schwarzen Haaren, bekam einen Anfall von fallender Sucht. Er brüllte, bäumte sich, schlug um sich. Drei oder vier warfen sich über ihn, die andern galoppierten wie vorher. Einer von ihnen hatte offenbar durch das Schaukeln eine Art Seekrank=heit bekommen. Er gröhlte nur noch, sah aus wie eine Leiche, und ich erwartete jeden Augenblick, daß er sein Frühstück von sich geben werde. Da fiel mich der Ekel und das Grauen über die Entwürdigung der menschlichen Natur übergewaltig an. Ich mußte hinausgehen, und im Freien meine Begleiter erwartend, bezahlte ich mit einem heftigen Kopfweh das wider=liche Schauspiel."

„Und in dieser Verfassung mittags zum Minister. Es

ging aber besser als ich gedacht. Ich saß an der Seite des
russischen Gesandten Grafen Titof, der ein gebildeter, viel=
leicht etwas mystisch angeregter, aber völlig interessanter Mann
ist. Die Gräfin Hahn=Hahn war auch da, ich konnte aber
mit ihr nicht zum Gespräch kommen. Bei Tische trank ich
zwei Gläser gutes Wasser, ein Genuß, den ich in Konstanti=
nopel zum erstenmal hatte. In Pera wenigstens gibt es nur
Cisternenwasser. Lächerlich kam mir General Jochmus vor,
der sein Fes vor den Damen auf dem Kopfe behielt. Mein
Kopfschmerz kam wieder, wir machten uns daher gegen 9 Uhr
still aus dem Staube."

„22. September. Schlechte Nacht. Lange vor Tagesan=
bruch, etwa um 3 Uhr, aufgewacht. Höchst aufgeregter Puls,
starker Schweiß, war nicht ohne Besorgnis. Doch nach dem
Aufstehn besser und jetzt gut. Will mich heute schonen. Das
verfluchte Steinpflaster von Konstantinopel richtet mich zu
Grunde. Ging doch nach Sankta Sophia, um den Sultan,
den ich neulich in der Barke gesehen, heute zu Pferde zu
betrachten. Da war aber nichts von Garden und sonstiger
Pracht, wie ich erwartete. Einige Reiter, dann der Sultan
in seinem doch nicht unkleidsamen Mantel mit der diamantenen
Agraffe und dem prächtigen Fes aus dem Serailthor heraus
und zwanzig Schritte weit ins Thor der Moschee hinein. Er ließ
sein Pferd gar nicht ungeschickt karakolieren, solange er über
den Platz ritt, am Thore aber meinte er vermutlich, es sei
genug, und ritt ruhig im Schritt hinein. Das gab dem
Ganzen etwas Gemachtes, das mir mißfiel. Dann zum Agen=
ten der Lloydschen Dampfschiffgesellschaft Maninich. Scheint
ein unterrichteter Mann. Schenkt mir ein mumifiziertes Kro=
kobil, das ich ihm gern zurückgeschenkt hätte. Nehme Plätze
für Sonntag nach den Darbanellen. War froh, wieder
fortzukommen. Warum? Weil ich mich nicht freute, herzu=
kommen."

„23. September. Morgens im Bette."

„Schon bin ich müd' zu reisen,
Wär's doch damit am Rand!
Vor Hören und vor Sehen
Vergeht mir der Verstand.

So willst du denn nach Hause?
O nein! nur nicht nach Haus!
Dort stirbt des Lebens Leben
Im Einerlei mir aus.

Wo also willst du weilen?
Wo findest du die Statt?
O Mensch, der nur zwei Fremden,
Und keine Heimat hat."

„Da sich eine Gelegenheit fand, noch einmal die Mo=
scheen besucht. Der Suleja anja habe ich abzubitten. Sie
ist schön in ihren Verhältnissen und in ihrer Einfachheit, da
sie alle Farben ausschließt. Nur die weiß und schwarz ge=
streiften Gewölbbogen sind und bleiben mir unerträglich. Mich
abgemübet und froh gewesen, wieder"

„Abends Abschiedsbesuch beim Gesandten. Graf Schulen=
burg mit seiner französischen Frau sind da und bleiben bis
½ 11 Uhr. Wir mußten aushalten, weil der Major noch mit
dem Gesandten über Geschäfte zu sprechen hatte. Spät zu Bette."

„24. September. Erwache um 4 Uhr morgens unter
einem bedeutenden Sturme. Gute Aussicht für die heutige
Abreise! Schreibe Autographen für das Personal der Ge=
sandtschaft. Der Wind dauert fort. Wie wird das abgehen?
Eingepackt. Um 4 Uhr fort."

„Zu Schiffe von Schwarzhuber und Wickenshauser be=
gleitet. Das Meer macht sich besser, als zu hoffen war.
Herrlicher Anblick des Serails von der Seeseite. Fürst
Metternich vortreffliches Schiff. Während des Essens im
Mar di Marmora dunkelt es bereits. Den jungen Chlumezky

wieder getroffen. Bald zu Bette. Seit langer Zeit wieder
einmal gut geschlafen."

„25. September. Vor Tag erwacht. Aufs Verdeck.
Einfahrt in die Dardanellen. Bei weitem nicht so schön als
der Bosporus. Sestos und Abydos. Ersteres in einem schön
bewachsenen Thal, letzteres von kahlen Hügeln begrenzt, die
gelb ins Meer hinausschauen. Bei den Dardanellenschlössern
angelangt. Das Schiff hält an. Eine Barke mit der öster=
reichischen Konsularflagge legt an. Weiß steigt an Bord.
Kaum erkennbar in dem halborientalischen Barte. Steigen
in seine Barke; alle Konsulate flaggen. Frühstück. Legt uns
einen Plan vor zur Bereisung der Umgegend, der zehn Tage
erfordert hätte. Erkläre, nur über zwei, höchstens drei Tage
verfügen zu können. Plan zur Besichtigung der Troas in zwei
Tagen. Für heute war Abydos, wo wir uns bereits befanden,
und das gegenüberliegende Sestos zu besehen. Ersteres ohne
besonderes Interesse. Hierauf zu Schiffe an die jenseitige Küste
gefahren und dort Pferde bestiegen. Der Xantopulos, ein
unterrichteter und wackerer Mann, ist mitgekommen. Zu
Pferde eine steile Anhöhe hinauf, von wo sich die reizendste
Aussicht darbietet. Zum erstenmale die Baumwollpflanze ge=
sehen. Reiten ins Thal von Sestos hinab. Wunderschön
mit Baumgruppen bewachsen. Hierauf am Strande des
Meeres rechts an der Anhöhe hin. Ueberall Spuren von
alten Bauten. Das Meer an dem Ufer mit Trümmern be=
deckt. Auf einem vorspringenden Hügel mag der Tempel
Aphroditens gestanden haben. Abends nach den Dardanellen
zurück. Schöner Sonnenuntergang. Nirgends habe ich das
Meer so lichtblau gesehen. Heiterer Abend, oder vielmehr
Mittagsruhe. Gute Betten, vortrefflich geschlafen. Rechne
den heutigen Tag zu den angenehmsten meines Lebens. Weiß
wird ein tüchtiger Mann werden und es weit bringen. Hat
bei vielem Verstand auch ein Herz."

„26. September. Heute soll's nach Troja gehen. Früh aufgestanden, aber unter Zögerungen der Türken mit den Pferden erst spät abgegangen. Hätte gleich anfangs ein großes Unglück haben können. Mein Pferd, das kein anderes vor sich haben will, gleitet noch im Dorfe über eine Brücke aus und stürzt, ich mit, doch ohne mich zu beschädigen oder die geringste Ungelegenheit zu spüren. Von neuem fort. Merke an dem Schmerz in den Füßen wohl, daß ich zwanzig Jahre kein Pferd bestiegen habe. Verzweifle fast, ob ich's aushalten werde, aber mein Verlangen war zu groß, daher frisch weiter. Der Reiseplan dürfte nicht gut angelegt sein. Wir reiten fast den ganzen Tag, bis wir in die Ebene von Troja seitwärts einbrechen und bei Zschiblak die ersten Säulentrümmer und andere Mauern sehen. Den Simois (nach Gewalik) passiert, wo das Wasser den Pferden nicht bis ans Knie reicht. Bei Zschiblak dürfte das Ilium recens der Alten zu suchen sein, also die Stelle, wo einige das alte Troja hinsetzen. Mit welchem Recht, ist mir nicht recht deutlich. Es war Abend geworden, und wir eilten, Bunarbaschi zu erreichen, wo wir mit einbrechender Nacht eintrafen. Der Kawaß, den uns der Pascha der Dardanellen mitgegeben hatte, machte uns Platz in dem Meierhofe des Paschas; man belegte den Fußboden eines erträglichen Zimmers mit Betten. Vorher stiegen wir noch zu den Quellen des Skamander hinab, deren vierzehn bis sechzehn sind, sämtlich von reinstem, hellstem Wasser. Der Fluß bleibt übrigens höchst unbedeutend. Daß dieser Fluß bei Bunarbaschi entspringt, wie nach Homers Beschreibung der Skamander bei Troja, macht die Meinung höchst wahrscheinlich, daß hier das alte Ilion zu suchen sei. Die Umgebungen der Quellen sind übrigens durchaus steiniges Hügelland. Gut gegessen und ebenso geschlafen, selbst ohne Flöhe, was uns am meisten wunder nahm."

„27. September. Frühmorgens auf und die Umgebungen

von Bunarbaschi besehen. Der Hügel, auf dem es liegt, fällt nach rückwärts ab und ist von allen Seiten zu umlaufen, so daß auch dieses Zeichen des homerischen Ilions eintrifft. Einen Grabhügel von aufgehäuften Steinen bestiegen, der Meinung und wohl auch der Wahrheit nach jenen des Hektor. Von hier aus hat man die beste Ansicht des trojanischen Feldes. Ringsum steinigte Hügel. Rechts im Thal die Quellen des Skamander. Weiter drüben, durch Bäume bezeichnet, der Lauf des Simois. Vor sich die Ebene wie zum Schlachtfeld geschaffen, von beiden Seiten durch Hügel eingeschlossen. Rechts die Anhöhen, auf denen das Ilium recens lag, und die wohl die Kallikoloni Homers sind, links der Höhenzug längs des Aegeischen Meeres, der mit dem Kap Sigeum und mit dem Grabhügel des Achill schließt. Längs dieses Höhenzugs mehrere Grabhügel in der Reihe. Die Ebene selbst wellenförmig durch Bewegungen des Bodens unterbrochen und mit Bäumen besetzt. Ueberhaupt die Gegend schön, und, wie es scheint, gut bebaut."

„Wir da wieder zu Pferde und in der Richtung von Alexandria Trojas weiter. Der Weg ansteigend, mit Gesträuch und halbwüchsigen Bäumen besetzt. Kommen endlich bei den Ruinen von Alexandria Trojas an. Zwei der ungeheuersten Säulen, die es irgend gibt; am Boden liegend, fünfunddreißig Schuh lang und gegen sechs Fuß im Durchmesser. Trümmer eines andern Prachtgebäudes mit den ungeheuersten Bogen und den größten Bausteinen, die ich jemals gesehen. Aehnliche Konstruktionen und Bogentrümmer überall zerstreut. Schon am Morgen hatte sich heftiger Sturm aus Süden gezeigt, er nahm immer mehr zu. Unser Plan war, ans Meer hinabzusteigen, nach Tenedos überzufahren und dort morgen das Dampfboot zu erwarten. Die Ausführung zeigte sich aber unmöglich. Kein Schiffer wagte, uns überzuführen. Wir ließen Feuer anzünden, das gewohnte Zeichen für die Barken von Tenedos, herüberzukommen, aber keine kam. Der Abend brach ein, und es blieb nichts übrig, wenn wir anders das Dampfboot des Lloyd nicht versäumen wollten, als in der Nacht den ganzen Weg nach den Darbanellen wieder zurück zu machen. Nach einem ermüdenden Marsche zu dem nächsten türkischen Dorfe, wo wir in dem Kaffeehause mit Vertreibung aller übrigen Kunden uns etwas erfrischten, setzte sich mit einbrechender Nacht die Gesellschaft wieder zu Pferde. Ich, der ich von dem zweitägigen Ritte ohnehin erschöpft war, legte mich auf einen mit Ochsen bespannten Karren à la Arabe, und so ging der Zug durch die ganze Länge der Ebene von Troja, leider bei finsterer Nacht, nur von den ungemein glänzenden Sternen beleuchtet und durch den Gesang der Grillen belebt, deren Zirpen hier wirklich dem Gesange der Vögel nahe kommt. Auch Glühwürmer kamen hier häufig vor. So er=reichten wir in der Morgendämmerung Kum Kale, nachdem kurz vorher mein Ochsenkarren mich beinahe in einen Abgrund hinabgeworfen hatte. In Kum Kale eine Tasse Kaffee ge=nommen und eine Segelbarke bestiegen, die uns in dem hef=tigen Winde eine halbe Stunde vor Ankunft des Dampfboots in die Darbanellen zurückbrachte. Weiß, der uns nach Smyrna begleiten wollte, findet sein Urlaubsgesuch von dem Inter=nuntius abweislich beschieden; wir trennen uns daher und besteigen allein das österreichische Dampfboot."

„28. September. Der Wind war schon bei der Abfahrt ziemlich stark, Sirokko, also gerade unserer Richtung entgegen. Wir fuhren der trojanischen Küste entlang, die hier bloß den Anblick einer felsigen Hügelreihe darbietet. Ungefähr Tenedos gegenüber der Berg Jda, den wir gestern, von Wolken ge=hindert, nicht sehen konnten. Gleich wie wir aus den Dar=banellen herauskamen, wurde der Wind immer stärker und stärker und wuchs bis zum Sturm, um so widriger, da er uns gerade entgegenblies. Das Meer ging sehr hoch und

wurde mir immer läftiger. Ich fuchte des Eindrucks auf jede
Art Meifter zu werden. Stellte mir das Ganze als ein er=
habenes Schauspiel vor, das es wirklich war. Fixierte Punkte
an der Küfte, um mir das Auf= und Abklettern des Schiffs
in Wellen hinauf und hinab zu maskieren. Eine Weile half
es, aber nicht lange, besonders wohl wegen der Anftrengungen
der verfloffenen drei Tage, der durchwachten Nacht, und weil
ich desselben Tages außer einer Taffe Kaffee nichts genoffen.
Zweimal ftieg mir das Brechwaffer im Munde, und ich über=
wand die Entwickelung, endlich aber gefchah das Unvermeid=
liche. Ich glaubte nun ungeftraft einen Teller Suppe und
ein Glas Wein zur Stärkung des Magens genießen zu können,
aber ohne Eßluft und von den ungeheueren Schwankungen
der Kajüte fehr beläftigt. Da der zum Sturm gewordene
Wind jede aufrechte Stellung unmöglich machte, legte ich
mich zu Bette. Vor Erfchöpfung fchlief ich bald ein, wachte
aber von der ungeheuer verftärkten Bewegung wieder auf.
Kopf und Füße gingen wie die Schalen einer außer Gleich=
gewicht gebrachten Wage. Der Kopf fchmerzte ungeheuer da;
ohne befonderes örtliches Uebelfein konnte ich mich noch ein=
mal expektorieren. Von da an ward es beffer, und ich fchlief
nach ein paar peinlichen Stunden wieder ein."

„Gegen Morgen waren wir fchon im Eingange des Golfs
von Smyrna, die See war ruhiger. Ich konnte frühftücken
und fühlte die Wohlthat der nötigen, fo oft mißbrauchten
Stärkung. Gegen zehn Uhr morgens Ankunft in Smyrna.
Die Stadt liegt im Hintergrunde einer Felfenkluft, die leider
zu kahl ift, um fchön genannt zu werden. Aber was käme
einem fchön vor in folcher körperlichen Verftimmung. Steigen
in der Penfion du Levant aus, wo wir die Gräfin Hahn=Hahn
vorfinden. Befehen uns den Bazar, fteigen aufs alte Schloß,
deffen Ausficht zu genießen der immer fteigende Sturm hindert.
Kamele, die zuerft in den Dardanellen vorgekommen, durch=

ziehen in langen Reihen die Straßen. Die Stadt besteht aus
ziemlich schlechten Häusern, keine einzige bedeutende Moschee.
Besuchen den österreichischen Generalkonsul, der weniger Freude
äußerte, als ich aus der alten Verbindung unserer Familie
erwartet. Essen der Gräfin Hahn-Hahn zuliebe, die ich bisher
ziemlich vernachlässigt, schon um 4 Uhr zu Mittag. Angenehme Unterhaltung. Schenke ihr ein paar klassische Baum-
blätter, die ich von Ilion mitgebracht, was sie zu freuen
schien. Indes war auch das französische Dampfboot angekommen, das uns morgen weiter bringen soll. Nach Tische
nehmen wir Abschied von der Gräfin und ihrem Begleiter,
die nach Beirut gehen, setzen uns am Meeresstrande in ein
griechisches Kaffeehaus, und schlendern des Abends in den
Straßen umher, wo wir Gelegenheit hatten, die beste Meinung
von der Wohlgestalt der smyrnaischen Damen zu fassen.
Früh zu Bette."

„29. September. Zahlen die ungeheure Rechnung. Ein
Goldbukaten fiel auf meinen Teil für das gemeinschaftliche
Schlafzimmer, ein Mittagsmahl und ein schlechtes Frühstück,
und lassen uns nach dem französischen Dampfboot hinaus
rudern, das uns nach Syra bringen soll. Das Schiff schön, die
Offiziere artig, das Frühstück gut — bis auf das Fleisch, das
im Orient überall schlecht ist. Abfahrt. Der Sturm aus
Süden hatte während der Nacht zugenommen, aber die vortreffliche Bauart des Schiffs machte die Bewegungen milder.
Auch schien mir, als ob trotz des vermehrten Windes die
Wellen minder hoch gingen, endlich macht die Gewohnheit
alles leichter. Der Wind war übrigens so stark und so konträr,
daß der Kapitän davon sprach, in einem Hafen vor Anker zu
gehen. So schleppten wir uns fort, leider durch die Unmöglichkeit, aufrecht zu stehen und den den Sirokko begleitenden
Dunstnebel gehindert, den Anblick der Küste zu genießen. Ich
konnte, ohne mich sehr belästigt zu fühlen, zu Mittag essen.

Die beiden Engländer Mr. Kathlik und der langweilige
Edwards waren mit demselben Schiffe von Konstantinopel an=
gekommen, zugleich mit ihnen eine ganze Kolonie junger Eng=
länder, so daß man bei Tische in old England zu sein glaubte.
Ein italienischer Dominikanermissionar, der mich als Katho=
liken sehr in Affektion nahm u. s. w. Die Zeit verging aber,
wie das ihre Gewohnheit ist."

„So ging der 30. Sept. unter immerwährenden Besorg=
nissen des Schlechterwerdens und in der Unmöglichkeit, aufrecht
zu stehen und irgend ein Objekt mit Behagen betrachten zu
können, vorüber. Die Nacht war arg, ich ertrug sie aber
leiblich."

„Der 1. Oktober brach an, und wir hatten bald den Ort
unserer jetzigen Bestimmung, Syra, vor Augen. Der Anblick
der Insel ist kahl, die Stadt aber, wie eine Bischofsmütze bis
zur höchsten Spitze eines Berges empor gebaut, nimmt sich
nicht übel aus. Gegenüber der Stadt auf einem ganz kahlen
Felsen das Lazarett der Quarantäne. Im Hafen lagen schon
zwei französische und ein österreichisches Dampfboot. Unser
Schiff hatte die gelbe Pestflagge ausgesteckt. Boote mit dem=
selben Wimpel umkreisten uns. Endlich ward eine Barke mit
uns und unsern Effekten beladen. Vier Engländer, zwei
konstitutionelle Griechen und einiges Gesindel gesellten sich
bei, und so wurden wir nach dem Lazarett hinüber gerudert.
Dort angekommen, warf man unser Gepäck brutal an die
Felsen des Ufers und überließ uns unserem Schicksal. Der
Major blieb zur Aufsicht zurück, und ich ging in die Quaran=
täne, konnte aber niemand finden, der Italienisch verstand,
so daß, als ich endlich in die Kanzlei kam, der griechische
Lohnbediente der Engländer die einzig übrigen guten Zimmer
weg hatte, und wir mit einem elenden schmutzigen Loche mitten
unter stinkenden Türken und Griechen vorlieb nehmen mußten.
Wir sandten sogleich Botschaft an den österreichischen Konsul

und an den Direktor der Anstalt Pio Terenzio. Letzterer
kam auch, da aber alle Zimmer vergeben waren, mußten wir
in unserem Loche aushalten, und das einzige, was wir erreichten, war, noch an selbigem Abende spoglio machen zu
können. Der spoglio selbst war die lächerlichste Ceremonie,
die sich denken läßt. In kleinen Kämmerchen nächst der
Kanzlei hatte man jedem von uns ein heißes Bad bereitet.
Die Kleider mußten wir in eine Art Schublade legen, die,
sowie wir ins Wasser stiegen, nach außen fortgezogen und erst,
als das Bad vorüber war, wieder hereingeschoben wurde.
Da fanden wir denn statt unsrer Kleider einen Schlafrock,
ein Hemd ohne Haft oder Knopf, Unterhosen, die uns den
Bauch zusammenklemmten, eine weiße Schlafmütze. Kurz,
wir mußten laut auflachen, als wir uns wechselseitig erblickten.
Mein Geld ward während des Bades ebenfalls in ein Gefäß
mit Wasser geschüttet. Nur die Uhr durfte behalten werden,
der ich motu proprio meine Cigarren beifügte, um sie vor
dem Gestank der Räucherung zu retten. Während wir uns
nämlich in der Brühe befanden, wurde unser Zimmer mit
den ausgepackten Kleidern und den geöffneten Koffern durch-
stänkert, wir selbst aber für diese Nacht ins erste Geschoß in
ein Zimmer geführt, das zu dem für den erwarteten Fürsten
Maurokordato aufbewahrten Appartement gehörte. Die
Möblierung übrigens war gar nichts weniger als fürstlich,
namentlich die Betten nicht viel besser als ein Bund Stroh,
welche Beschaffenheit unsere Lagerstätten während der ganzen
Dauer der Quarantäne beibehielten. Morgens erhielten wir
unsere Kleider wieder und begaben uns wieder in unsre stin-
kende Wohnung, die von den Pesträucherungen nunmehr doppelt
stank. Fürchterlicher Kaffee zum Frühstück. Zu Mittag gute
Suppe, leibliche Fische, vortreffliche Trauben, mittelmäßiger
Wein, aber alles Fleisch so ausgesucht schlecht, so zäh und hart,
daß kein Messer, viel weniger Zähne dessen Herr werden konnten.“

„Das Quarantänegebäude ist ganz zweckmäßig, ja hübsch, gegenüber der Stadt auf einem ganz kahlen Felsen erbaut. Da ist kein Baum, kein Strauch, kein Grashalm. Der Boden mit Felsen und spitzen Steinen bedeckt, so daß jeder Tritt schmerzt, und wir uns erst mit unsrer Hände Arbeit durch Aufräumen der Steine einen Spazierweg bahnen mußten. Noch dazu wird der Aufenthalt im Freien durch die immer= während den Stürme verleidet, die, wie früher aus Süd, jetzt aus Nord und Nordost über die Insel herrasen. Unser Ge= sichtskreis wird gegenüber durch die Hauptstadt der Insel Syra, links durch kahle Berge mit dürftigen Bepflanzungen, rechts durch die Insel Tino mit vielen wie Schwalbennester an den Klippen hängenden Ortschaften und die Ausläufer von Mikone begrenzt. Ein= und auslaufende Schiffe beleben einigermaßen die Gegend. Da werden denn mit dem Fern= rohr die Wimpel beobachtet, von einer einlaufenden englischen Kriegsbrigg die Kanonen gezählt, die Manöver beobachtet. Die vier Dampfschiffe, die anfangs im Hafen lagen, haben uns verlassen, und der Sturm verscheucht neue Gäste. Ich bezeichne nicht mehr die einzelnen Tage, denn eine große Langweile verschlingt alle Unterschiede. Glücklicherweise hatte ich in meinen Koffer Chalybäus' Geschichte der neuen Philo= sophie eingepackt. Die Seiten wurden gezählt und fünfzig für jeden Tag schien genug, um die neun Tage der Ge= fangenschaft auszufüllen. Da wird denn aufgestanden, der entsetzliche Kaffee getrunken, ein wenig im Winde spazieren gegangen, dann gelesen, wo uns denn Herbarts Menabes andern gescheiten Männern unerklärlich, Schellings System aber höher als die Klippen, widriger als der Wind und un= fruchtbarer als das Meer vorkamen."

„Am 9. Oktober, als meinem Namenstage, ward uns endlich eine bessere Kammer mit der Aussicht auf das Meer und minder den mephitischen Dünsten ausgesetzt, zu teil, ohne unsere Lage erträglicher zu machen, denn jeder Tag mehrt im geometrischen Verhältnisse die Unleidlichkeit. Ein einzelner würde sich in Gedanken vertiefen, zu zweien gehen sie aus, weil zu dem Unangenehmen der eigenen Lage noch das Mitleid über die des andern kommt."

„Als wir ankamen, war das Geschrei im Hofe unerträglich. Da alle Bedürfnisse nur mittels einer Schublade durch das Menageriegitter geschoben werden, das im Hofe abschließt, so war der Anforderungen und des Schreiens kein Ende. Jetzt wird die Zahl der Gefangenen täglich geringer, und fünf Engländer, die sich mit Rattenfangen und Schwimmen unterhalten, zwei konstitutionelle Griechen, deren einer den König Otto einen imbécile genannt hat, zwei liederliche Französinnen aus Aegypten in Begleitung zweier Türken, zwei alte Griechen mit dem Lümmel Adonis machen die ganze Gesellschaft aus. Letzterer ist ein etwas derber Bursche von etwa zwanzig Jahren, prächtig, nur zu stark gebaut, hübsches Gesicht, aber unreines Fell. Am verflossenen Sonntag sah er in brauner Jacke und kurzen Pumphosen, weißer Schürze, rotem Fes und stahlblauen Strümpfen an den modeartig geformten Beinen wirklich prächtig aus. Seitdem hat er mit dem abgelegten Sonntagsstaate viel verloren."

„9. Oktober. Endlich schlug der Tag der Erlösung. Durch den spoglio war die Dauer der Quarantäne um 5 Tage abgekürzt worden, und heute gab uns der Oberguardiano durch einen Handschlag die Freiheit. Eine Barke war schon bestellt. Wir bezahlten die ungeheure Rechnung, etwas mehr als einen Dukaten für den Tag, warfen Trinkgelder aus nach allen Seiten, und ließen uns nach Hermopulos, der Hauptstadt von Syra, hinüber rudern. Schon gestern war uns durchs Fernrohr ein besonderes Treiben unter dem Volke der Hauptstadt unter unaufhörlichem Glockengeläute aufgefallen, das selbst der Sonntag nicht hinlänglich zu erklären schien.

Auch heute bemerkten wir festliche Anzüge unter der Menge
und erfuhren dann, daß an beiden Tagen die Wahlen für
die bevorstehende Ständesitzung stattgefunden hätten. In
Athen war nämlich, wie wir schon in den Darbanellen gehört
hatten, eine Revolution ausgebrochen, und der König genötigt
worden, eine Konstitution anzuerkennen. Der Anteil unter
dem Volke schien übrigens nicht groß. Man hatte uns das
Wirtshaus de toutes les nations als das beste empfohlen.
Wir ließen uns dahin bringen, fanden aber nur eine finstere
Kammer unbesetzt, die offenbar nicht schlechter war als unser
Pestkobel im Lazarett. Doch Not kennt kein Gebot: wir
nahmen die camera obscura . . . Gleich nach dem schlechten
Frühstück bestiegen wir im Gefühle der wiedererlangten Frei=
heit eine Anhöhe im Süden der Stadt und genossen der
himmlischen Aussicht auf Meer und Inseln. Gräßlich ist der
Weg durch die obere Stadt. Keine Straße oder nur Gasse
— nur Kloake und Winkel. Da aber die Häuser sämtlich von
Bruchstein sind, machen sie doch keinen schlechten Eindruck.
Nach Tisch gingen wir nach der Nordseite bis über den Ein=
gang des Hafens hinaus. Hier ist die Aussicht noch bezau=
bernder und die Stadt wirklich schön. Wohl gepflastert, die
Häuser nach Art der Landhäuser klein, aber durchaus von
Stein und geschmackvoll, ja elegant gebaut. Man hat eine
neue Straße als Spaziergang angelegt, der zu den Höhen
außer dem Hafen führt. Wir stiegen hinauf. Die Berge
sind kahl, überall Steine, vom Marmor und Granit bis zum
Schiefer und Kalkstein. Kein Baum, kein Grashalm, nichts
als Distel und eine Art stachlichter Ginster, aber dafür Salbei,
Thymian und andere trockene Pflanzen von einem solchen Wohl=
geruche, daß man sich fast betäubt fühlt. Wir lagen da wohl
zwei Stunden und genossen der Aussicht auf Meer und
Inseln und des himmlischen Abends. Die Formen haben
etwas Pittoreskes, dazu der von Natur wohlgesittete, wohl=

gebildete Menschenschlag, in den mittelländischen Gegenden läßt sich nichts damit vergleichen."

„Früh zu Bette. Vor Lärm im Wirtshause nicht einschlafen können. Die Nacht durch den Luftzug wachgehalten, der durch die Spalten unserer Kammer eindrang, bei Tagesanbruch durch das Krähen der Hähne aufgeweckt. Dazu die Hitze von den widerlich starken Weinen — habe beinahe nichts geschlafen."

„10. Oktober. Spät aufgestanden. Vormittags war viel für unsere morgige Abreise zu besorgen. Hierauf gingen wir vom Hafen aus längs des Meeres hin, wurden aber bald von der Zwölfuhrglocke zurückgerufen, da man hier um diese Stunde zu Mittag speist. Bald nach Tisch mieteten wir eine Barke und ließen uns ins Innerste des Hafens führen, wo wir uns entkleideten und trotz des starken Südwindes ein Seebad nahmen. Hierauf wieder auf unsern geliebten Windmühlenhügel. Die Inseln waren aber mit Wolken bedeckt, und die Sonne geht schon um ½6 Uhr unter. Die gestern belebte Abendkonversation mit hiesigen jungen Handelsleuten, worunter einer, der deutsch spricht (der deutsche Musiklehrer war heute nicht zugegen), wollte sich jedoch nicht geben, und ich sitze gegenwärtig um ½9 Uhr schon in unserer Schlafkammer und kritzle diese Zeilen, da mir der griechische Lärm im Vorhause nicht erlaubt, an Schlaf zu denken."

„Im ganzen gefällt mir Syra sehr wohl, glaube aber, was mir die jungen Italiener an der Wirtstafel sagen, daß man nach drei Monaten Aufenthalt Lust zum Aufhängen bekomme. Dürre und Sterilität im höchsten Grade. Die männlichen Einwohner bloß mit ihrem Handel beschäftigt, die Weiber der besseren Stände, halb orientalisch, meist zu Hause. Man mußte hier, wie wir im Lazarett thaten, zur Lektüre von Chalybäus' Darstellung der neuesten deutschen Philosophie seine Zuflucht nehmen. Die Aridität ladt kongenial dazu ein."

„11. Oktober. Die ganze Nacht gewittert, Regen und Sturm. Der Regen, der erste seit sechs Monaten in Syra, setzt sich auch den Vormittag über fort. Das österreichische Dampfschiff von Konstantinopel, dessen Briefe wir nach Athen mitnehmen sollen, und dessen Ankunft wir abwarten müssen, ist noch immer nicht gekommen. Wir gehen nachmittags auf unser Observatorium zu den Windmühlen und schauen mit Fernröhren nach der Gegend, woher es kommen muß, zwischen Tino und Mykene, müssen uns aber mit der Aussicht im allgemeinen begnügen, denn von dem Dampfschiffe keine Spur, haben daher in Syra noch eine Nacht zuzubringen. Gegen Nacht verbreitet sich das Gerücht, es sei gekommen, werde aber des schlechten Wetters wegen erst morgen abend abgehen, denn Gewitter, Regen und Sturm haben sich wieder eingestellt.“

„12. Oktober. Es regnet noch immer in Strömen. Das gestern angekommene Dampfboot war kein österreichisches, sondern eins der griechischen Regierung, das die Nachricht brachte, daß Kolokotroni wegen eines Versuchs zu Gunsten des Königs von Athen nach Tino verwiesen worden sei. Die Parteien fangen also an, sich zu zeigen, eine schlechte Aussicht für unsere Ausflüge ins Innere Griechenlands. Das nach Athen bestimmte Schiff wird aber heute gewiß abgehen, auch wenn die Brieftaube nicht einlangt. Desto besser. Länger in Syra zu bleiben, das man am ersten Tage auswendig weiß, wäre zu arg.“

„Im Wirtshause den griechischen Oberstlieutenant Fabricius getroffen, der seit 1824 in Griechenland diente und daher samt allen Deutschen entlassen und verbannt ist. Ein gescheiter, wohlgebildeter Mann, der anfangs krank schien, in der Unterhaltung mit seinen Landsleuten aber zu unserer großen Freude sich allmählich zu erholen schien. Er schreibt alles Unglück den Ratgebern des Königs zu, betrachtet aber die Konstitution als eine von vornherein unvermeidliche Sache. Mit ihm den Konsul Forestier besucht, ein gebildeter, gut sprechender Mann mit einem weggeschossenen Bein, der aber in seiner Rede und Berichten, die er uns vorlas, witziger scheint, als für einen Beobachter von Profession zulässig scheint. Endlich abends um 7 Uhr fuhren wir mit dem Kapitän ans Dampfschiff."

„Das Wetter windig und noch dazu konträr. Lege mich gleich bei der Ausfahrt, wo Wind und Wellen das Dampf= boot dermaßen zu schütteln anfangen, daß ich das Uebelste erwarten mußte. So dauert es fort bis gegen 1 Uhr morgens, ohne daß ich ein Auge zuthun konnte; von da an wurde es milder, und gegen Morgen schlief ich mit Unterbrechung ein paar Stunden. Gegen 6 Uhr stand ich auf und ging aufs Verdeck. Da hatten wir das Kap Sunium schon passiert. Aegina und Salamis lagen links von uns, letzteres viel kleiner, als ich mir gedacht, so daß man kaum begreifen kann, wie eine Seeschlacht mit der ungeheuren persischen Flotte da stattfinden konnte. Rechts, vom Meere entfernt, wie eine Krone die Anhöhe, auf und an der Athen liegt. Die Sonne beginnt nach und nach die einzelnen Umrisse zu beleuchten. Die Akropolis, ein Palast, wahrscheinlich des Königs, die Spitze des Hafens Piräus kommt uns entgegen. Wir laufen ein. Hier hätte man Neuathen bauen und das alte als Anti= quität behandeln sollen. Wahrscheinlich auf eine Idee des albernen Königs von Bayern, der vielleicht das ganze Un= glück seines Sohnes verschuldet hat. Kommen endlich vor Anker. Der Major besucht einen alten Marinekameraden auf der im Hafen liegenden österreichischen Korvette, und ich kritzle indes diese Zeilen. Der Zweck meiner Reise scheint verfehlt, denn Oberstlieutenant Fabricius rät uns die Reise ins Innere des Landes aufs entschiedenste ab. Wir werden eben sehen."

„Endlich kommt der Major in dem Boote des Kriegs= schiffes zurück und holt mich auf die Korvette ab. Mache die Bekanntschaft des Kapitäns, der eben für den ganzen Tag bei Prokesch zu Mittag geladen ist. Wir gehen zusammen ans Ufer, frühstücken, was vor allem ich notwendig hatte, und fahren in zwei Wagen nach Athen. Eine dürre, staubige Straße, rechts Ueberbleibsel der langen Mauer. Endlich die ersten Häuser des neuen Athen. Wir fahren beim Gesandten vor und werden in sein Haus aufgenommen. Der Aufstand ist noch in vollem Gange. Lärmende Haufen durchstreifen die Stadt. Erzählung der Hergänge. Es scheint auf das Leben des Königs abgesehen zu sein. Vor Tische fahren wir mit Prokesch zum Jupitertempel hinaus. Die Säulen herrlich. Jedermann weiß, daß der Tempel einer der grandiosesten der Welt gewesen. Mehr aber als all diese Trümmer interessiert mich die Quelle des Ilyssos, an der Plato spazieren ging, die vielgenannten Berge, die das Thal von Attika um= schließen, die Aussicht aufs Meer mit Salamis, Aegina, die Natur, die immer war, was sie jetzt ist, und dazu Zeugin jener unsterblichen Thaten und Werke. Die Bauwerke machten mich staunen, die Hügel und Flußbetten trieben mir die Thränen in die Augen."

„13. Oktober. Bei Nacht fester und langer Schlaf. Wache aber mit dem Gefühl der Verkühlung auf und bin wirklich dem Durchfall —. Mein Kopf ist einer solchen Masse von Eindrücken nicht mehr gewachsen. Gehen demungeachtet auf die Akropolis. Wir werden uns auf Athen beschränken müssen, da man im Lande jeden Deutschen für einen Bayern hält, und jeder Bayer so verhaßt ist, daß man ihn überall mißhandelt, verwundet, ja töten würde, wenn nicht Hilfe zu rechter Zeit käme. So ist denn der Hauptzweck meiner Reise verfehlt. Ich werde den Parnaß, ich werde Delphi nicht sehen. Neun Tage Quarantäne halten zu müssen, um mich acht Tage in Athen herumtreiben zu können! Herumtreiben, denn auch hier kann man einsame Gegenden nicht besuchen, und auch diese nur von wohlbekannten angesehenen Personen begleitet.

Ueberall begegnet man mißtrauisch auflauernden Gesichtern. Also auf die Akropolis. Was man hier an Bauwerken sieht, macht im ersten Augenblick einen kaum angenehmen Eindruck, den der Zerstörung. Erst in den folgenden Momenten baut sich an die Ueberbleibsel das Großartige neu empor."

10.

So schließt das Bleistiftmanuskript, welches den sonst in Worten streng einhergehenden Dichter gleichsam in Schlafrock und Pantoffeln schreibend darstellt. Nicht durch den Satzbau läßt er sich aufhalten, heimatliche Wendungen und Ausdrücke verschmäht er nicht, um rasch den Inhalt der Vorgänge niederzuschreiben. Und eine Menge kleiner Charakterzüge des Schreibenden kommen da zu Tage, welche uns intim mit Grillparzer bekannt machen.

Er hätte dies Manuskript nie drucken lassen in so nachlässiger Fassung. Aber die Nachwelt macht keine Umstände, wenn sie was Neues, oder auch nur was Näheres erfahren kann.

Die Gräfin Hahn-Hahn erwähnt in ihren orientalischen Briefen, daß sie Grillparzer zweimal begegnet sei. Von der ersten Begegnung in Konstantinopel sagt sie: „Grillparzer ist ein freundlicher, schlichter Mann, dem man die schauerliche Tragödie (Ahnfrau) gar nicht ansieht." Zur zweiten Begegnung in Smyrna schreibt sie: „Ich freu' mich recht, daß ich in Wien, welches mir immer lieb gewesen ist, eine angenehme Bekanntschaft mehr habe, denn er (Grillparzer) ist mir angenehm wie alle Menschen, die bei einem schönen und großen Talente schlecht und recht geblieben sind, wie Gott sie erschaffen hat. Man sollte meinen, das sei sehr wenig und sehr natürlich.

Ja, wenig mag es wohl sein, aber ach! nichts ist so selten, als das Natürliche."

Auf dem Adriatischen Meere, das ihn ebenfalls mit groben Wellen plagte, fuhr Grillparzer heimwärts über Triest, und hielt erst in Graz eine kurze Weile still, seinen Aerger aussprechend über das tückische Geschick, welches ihn mit den bayrischen Griechen vertrieben.

In Wien aber entwickelte sich jetzt immer deutlicher und lauter das Bedürfnis, den würdigen Mann als ersten Dichter des Landes zu feiern. Leute wie Bauernfeld, Ludwig August Frankl, Foglar machten es sich zur Lebensaufgabe, seinen Ruhm zu verkünden. Es wurde ihm eine Medaille gewidmet und an seinem Geburtstage 1844 ein großes Fest veranstaltet. Die Schriftsteller Wiens hatten sich zu einer Gesellschaft „Konkordia" vereinigt, der Gefahr polizeilicher Auflösung trotzend, und diese Konkordia verherrlichte den Dichter in mannigfacher Weise. Ja, die Regierung sogar, oder richtiger gesagt der Finanzminister Kübeck nahm Notiz von dem Wunsche, den alternden Poeten auszuzeichnen! Es wurden ihm dreihundert Gulden jährlicher Personalzulage gewährt.

Wahrscheinlich wußte Kübeck dabei gar nicht, daß er Grillparzer Dank schuldig wäre. Als er vor Jahren ans Ruder gekommen und sich durch liberale Maßnahmen hervorgethan, hatte Grillparzer ein flammendes Gedicht auf ihn gemacht, es aber nicht veröffentlicht, um nicht als Schmeichler zu erscheinen.

Bald darauf trat auch die Vakanz ein in der Hofbibliothek, die schon erwähnt worden ist, und zwar trat sie zweimal ein. Beim erstenmal wurde ihm der Slavist Kopitar vorgezogen, und Grillparzer wie die Wiener konnten nichts einwenden, denn Kopitar war eine wissenschaftliche Größe. Als er kurz darauf starb, war ganz Wien der Ueberzeugung, nun müsse und werde Grillparzer die erste Kustosstelle er-

halten. Es erhielt fie aber, wie fchon gefagt, der Baron
Eligius von Münch, der gar keinen Anfpruch aufweifen konnte,
als die am richtigen Orte angebrachte Empfehlung durch feinen
Onkel, den Präfidenten des Bundestags, Grafen Münch.

Das machte peinliches Auffehen in Wien, und war eine
der ärgften Kränkungen, welche Grillparzer erfahren. Das
kleine Gedicht fpricht es aus:

> Man gab mir einen Kummer,
> Man gab mir eine Qual,
> Die tief am Leben naget,
> Das längft fchon geht zu Thal.
>
> Man gab mir die Gewißheit,
> Mein Streben fei verkannt,
> Und ich ein armer Fremdling
> In meinem Vaterland.
>
> Man hat beim nah'nden Winter
> Verweigert mir das Neft,
> Und hieß mich weiter wandern
> Für meines Lebens Reft.
>
> Doch ift's der Lauf der Zeiten,
> Ein Troft nur ftellt fich dar:
> Bin ich auch nichts geworden,
> Ich blieb doch, der ich war.

Die öffentliche Meinung Wiens äußerte fich über diefen
Vorgang mit ungewöhnlicher Schärfe und ohne Scheu. Ueberhaupt beginnt inmitten der vierziger Jahre die politifche Bewegung in Wien und fteigert fich von Jahr zu Jahr. Der
Ausbruch von 1848 war innerlich längft vorbereitet. Auch
Grillparzer nahm warmen Anteil daran, daß der Staat in
andere Bahnen gelenkt werde. Er nahm teil an Verfammlungen,
welche dies Thema erörterten und betrieben, ja in einer diefer
Verfammlungen ftand er einmal plötzlich auf und hielt eine

flammende Rede gegen die eingerissene Verknechtung. In
dem weiter unten folgenden Aufsatze gegen die Wiener März=
revolution verleugnet er jede solche Teilnahme. Sie ist aber
verbürgt. Die Censur war der verhaßteste Punkt, und eine
Anzahl von Notabilitäten unterschrieb eine Petition an die
Regierung um Beseitigung dieses Zwanges. Grillparzer
unterschrieb ebenfalls diese Petition.

Dieser Drang nach einer Staatsveränderung, dieses Ueber=
fluten der Politik wurde in der nächsten Zukunft folgenreich
für Grillparzer. Er wurde hineingezogen in den Strudel,
er erschien als Parteimann, er wurde verkannt, er wurde an=
gefeindet. Von Grund aus war er ein liberaler Mann, aber
wie er in der Dichtung streng auf richtiges Maß drang, so
verlangte er auch für den Liberalismus konservative Grenzen.
Er hatte die tiefste Scheu vor Unordnung. Und er verlangte
vor allem, er verlangte überall sein Oesterreich.

Diese starke Liebe zu seinem österreichischen Vaterlande
ist sein Schicksal, man möchte sagen, ist sein Verhängnis ge=
wesen. Durch sie ist er ein sensitiver Teilnehmer an allen
Abschwächungen Oesterreichs geworden, welche dies Reich
während Grillparzers Leben erlitten hat. Nie kam eine
Stärkung, und am Ende kam sogar die völlige Trennung von
Deutschland, während für ihn Oesterreich und Deutschland
Zwillingsbrüder sein sollten. So lebte er immerwährend in
einer zornigen Gereiztheit, namentlich gegen Norddeutschland.
Er äußerte sich geringschätzig über dessen Poesielosigkeit, er
unterließ die Verbreitung seiner Stücke über die österreichische
Grenze hinaus und erntete dafür die Nichtachtung seiner
Dichtungen. Noch in neuer Zeit schreibt ein norddeutscher
Kritiker: „Grillparzer ist ein österreichischer Dichter, der zu=
fällig nicht magyarisch oder czechisch, sondern deutsch geschrieben
hat. Seine Dichtungen können nicht als Manifestation
deutschen Geistes gelten."

Und all das, weil sein Oesterreich, wie er sagte, gemiß=
handelt wurde, all das, obwohl niemand so wie er die Fehler
und Gebrechen seines Oesterreich kannte und beklagte. „Der
Katholizismus," schreibt er einmal, „ist an allem schuld. Gebt
uns eine zweihundertjährige Geschichte als protestantischem
Staate, und wir sind der mächtigste und begabteste deutsche
Volksstamm. Heute haben wir nur noch Talent zur Musik
und — zum Konkordate."

In ruhiger Stimmung pflegte er übrigens auch Nord=
deutschland günstig zu beurteilen trotz seines Oesterreichertums,
und da pflegte er zu sagen: Schickt unsere jungen Männer
nach Norddeutschland, damit sie was lernen, und holt junge
Norddeutsche zu uns, damit sie warm werden.

Was half es ihm, daß er all den herrschenden politischen
Strömungen geistig überlegen war, an sein specifisches Vater=
land innerlichst gefesselt mußte er immer wieder entsagen und
entsagen. Und wie ehrlich war er doch auch politisch bei all
seinem Oesterreichertum! Er besaß einen weiten politischen
Blick und trotz seines Widerwillens gegen die Czechen bringt
er doch am Schlusse der Libussa die Prophezeiung: die Slaven
werden alles unterjochen.

Wie er sich zur Wiener Märzrevolution verhielt, bezeugt
folgender Aufsatz, welcher sich in seinem Nachlasse vorfindet:

„Ich will meine Erinnerungen aus dem Revolutions=
jahre 1848 niederschreiben. Da tritt denn gleich von vorn=
herein ein bedenklicher Unstern scheinbar hindernd entgegen.
Ich habe an jenen Begebenheiten durchaus keinen Anteil ge=
nommen. Nicht allein, daß ich den Vorbereitungen und dem
Ausbruch ferne blieb, eine mit meiner innersten Natur ver=
bundene Empfindung hinderte mich sogar, den einzelnen Hin=
dernissen Schritt für Schritt zu folgen. Menschen, die sich
ihr ganzes Leben mit dem reinen Verhältnisse der Kunst und
Wissenschaft beschäftigt haben, überfällt gegenüber der jede

Möglichkeit einer Berichtigung übersteigenden Verkehrtheit leicht das Gefühl eines bis ins Innerste gehenden Ekels, und man weiß wohl, daß der Ekel die entnervendste Stimmung des menschlichen Wesens ist."

„Wer wird aber mit solchen Stimmungen sein Betragen rechtfertigen? Warst du mit dem vormärzlichen Zustande zufrieden? Hast du keine Aenderung gewünscht? Glaubst du, daß der Mensch nicht Hand anlegen soll, um unleibliche, nichtswürdige Verhältnisse zu verbessern? Alle diese Fragen mit Ja beantwortet, muß doch bei allem Praktischen auf die Umstände Rücksicht genommen werden. Wäre der österreichische Staat ein kompakter, von ein und demselben Volksstamme bewohnter, oder wären diese Volksstämme von dem Wunsche des Zusammengehörens und Zusammenbleibens beherrscht, wäre die Zeit eine solche gewesen, daß ein vernünftiges Einhalten nach Erreichung vernünftiger Zwecke vorauszusetzen gewesen, ich hätte die Hand freudig zu jedem Reformversuch geboten, oder — um mir nicht zu viel Thatkraft anzudichten — wenigstens jeden solchen, wenn auch gewaltsamen Versuch mit meinen Wünschen und mit meinem moralischen Einfluß auf meine Landsleute unterstützt. So aber war — und gerade damals im höchsten Grade — von allem dem das Gegenteil. Polen befand sich bereits im Aufstande, Ungarn erwartete nur das Signal zu einem gleichen; die lächerliche Nationalitätsfrage hatte allen Volksstämmen der österreichischen Monarchie eine centrifugale Bewegung eingedrückt. Die Brandschriften der letzten zehn Jahre, die frischen Eindrücke der französischen Februarrevolution hatten eine solche Stimmung in der Masse verbreitet, daß bei jedem gewaltsamen Ausbruche ein Ueberschreiten alles vernünftigen Maßes mit Zuversicht vorausbestimmt werden konnte."

„Aber ungeachtet jener Abhaltungsgründe mußte dem österreichischen Staate ein großer Teil der nötigen Reformen gerade durch ruhiges Abwarten auf eine völlig gefahrlose Weise notwendig zu teil werden. Preußen befand sich durch frühere Versprechungen, durch die unvorsichtigen Redeübungen seines Königs, durch seine Stellung in der Mitte der allseitigen Bewegung in der notgebrungenen Lage, dem, was die Zeit begehrte, nicht länger widerstehen zu können. Hörte aber Preußen auf, ein absoluter Staat zu sein, so mußte Oesterreich entweder aus dem deutschen Bunde ausscheiden oder seinen Völkern Zugeständnisse machen, die, so gering sie gewesen wären, oder vielmehr gerade weil sie gering waren, den glücklichen Anfang zu einer fortschreitenden, dem Bildungsgrade der Nation angemessenen Entwickelung dargeboten hätten. Man sage nicht — da auch in Preußen eine solche Umkehrung nicht ohne Unruhe vor sich gegangen wäre — es sei lieblos, von dem Schaden seines Nachbars Vorteil zu ziehen. Denn einerseits ist ja mit fremdem Schaden klug werden eine oft belobte Lebensregel, anderseits hat Preußen alles das, was Oesterreich fehlt, um eine solche Bewegung ohne nachhaltigen Schaden zu bestehen. Ein kompakter Staat, die Einwohner zusammengehörig und jedem Trennungswunsche fremd, die innere Verwaltung nur geringer Verbesserung bedürftig. So wie Frankreich aus allen inneren Stürmen · als das einige und mächtige Frankreich hervorgegangen ist, dürfte auch Preußen ähnliche, ohne Zweifel unendlich geringere Schicksalsprüfungen ungefährdet überstanden haben."

„So viel von jenen Umwälzungsbestrebungen dem Grundsatze nach. Geht man aber weiter zu den Mitteln der Ausführung, so zeigt sich, daß diese so kindisch als jene gefährlich waren, obwohl die Voraussicht von der Wirklichkeit widerlegt worden ist. Aber bei der Ausführung eines Planes die vollkommene Absurdität seines ganz und gar absurden Gegners voraussetzen, kann doch nie eine vernünftige Berechnung genannt werden."

„Kaiser Franz in seiner Engherzigkeit und Gedanken-
steifheit hatte beschlossen, seinen Staat von allen Neuerungen
entfernt zu halten. Kurzsichtig, aber in der Nähe scharf
sehend führt er zu diesem Ende einen Polizeidruck ein, der in
der neueren Gesellschaft kaum ein Beispiel hat. Wenn er
dann mit Ungarn eine Ausnahme machte, so war es teils
die Macht der Gewohnheit, da Ungarn denn doch von jeher
eine Konstitution hatte, teils weil er hoffte, in dem dort
herrschenden aristokratischen Princip ein Gegengewicht gegen
die demokratischen Bestrebungen der Zeit zu haben. Er vergaß, daß in den Zeiten der Aufregung jeder durch die Ver-
nunft nicht gerechtfertigte Enthusiasmus immer in den
allgemeinen Strom einmündet und die Richtung der Zeit ein-
schlägt, wie denn auch aus den ungarischen Aristokraten
augenblicks die wütendsten Demokraten geworden sind. Den
Ungarn also ward Spielraum gegeben, auf den übrigen Provinzen lastete ein eiserner Druck."

„Fürst Metternich, von Hause ein liebenswürdiger, geistreicher, aber in seiner ersten Epoche leichtsinniger und sein
ganzes Leben lang durch seine Gelüste (im besseren Sinne
des Worts) bestimmter Mann, war während der Regierung
des Kaisers Franz der entschiedenste Tadler jener beengenden
Maßregeln seines Herrn gewesen. Er machte sich mit seinen
Vertrauten über die Kleinkrämerei des österreichischen Staats-
wesens lustig, und seine Begeisterung für Lord Byron und
ähnliche Geister zeigte deutlich, wie sehr seine ursprüngliche
Natur aller Entwürdigung der Menschennatur fremd war.
Als aber Kaiser Franz starb, war er alt, bequem und hoch-
mütig geworden. Zehn Jahre früher hätte er vielleicht Reformen die Hand geboten und sie auch bei dem abgöttischen
Ansehen, in dem er bei der Regierungsgewalt stand, durch-
gesetzt. Jetzt aber wußte er nichts, als in dem alten Schlen-
drian fortzufahren. Er adelte die unfreiwillig adoptierten

Maßregeln mit dem Ehrentitel eines Systems, verlor aber eben durch dieses System alle jene Beweglichkeit des Geistes, die seine frühere Laufbahn so glänzend gemacht hatte."

„Der Umstand, daß er allein es war, der den elenden Polizeipräsidenten Grafen Sedlnitzky stützte und hielt, reicht für sich schon hin, um allen Lobrednern Metternichs Still= schweigen aufzuerlegen."

„Der Träger der Staatsgewalt, Erzherzog Ludwig, besaß fast alle jene guten Eigenschaften, die die Söhne Kaiser Leopolds zur ausgezeichnetsten Regentenfamilie ihrer Zeit machten. Er war von seinem Bruder Franz gleich allem, was in dessen Nähe kam, niedergedrückt und in den Model der kaiserlichen Aehnlichkeit gepreßt worden, unterschied sich aber von jenen noch immer durch Gutmütigkeit und Wohlwollen. Vielleicht hat ihn von Reformen nur abgehalten, daß er sich als den Verwalter fremden Guts betrachtete, und daß er die Gewalt als treuer Pfleger unvermindert ebenso abgeben wollte, als er sie empfangen hatte."

„Es war noch ein Mann da, Graf Kollowrat, eine Art Minister des Innern, der sich liberal gebärdete, ohne daß etwas dabei herausgekommen wäre."

„Alle diese Staatsmänner, so sehr sie auch freiwillig oder notgedrungen das alte System fortsetzten, waren doch zugleich viel zu gutmütig und zu human, um auch den alten Polizei= druck fortsetzen zu wollen. Und das hat sie zu Grunde ge= richtet. Ihr, wenn gleich etwas spärlich fließendes, Billigkeits= gefühl hat die Märzregierung in Oesterreich gestürzt. Das Regierungsystem Kaiser Franzens ließ sich nur ungetrennt von seinem Polizeisystem fortführen. Wie der Druck nachließ, schnellte die Feder von selbst in die Höhe."

„So sehr nun die Polizeigewalt auf diese Art sich ge= schwächt fand, war sie noch immer ein Riese gegen die Ver= anstaltungen, die die liberale Märzpartei zur Durchführung ihrer Absichten ins Spiel setzte."

„Daß die Landstände der verschiedenen Provinzen sich miteinander in Kommunikation setzten, um durch hartnäckiges Petitionieren gewisse, freilich mehr im eigenen, aber immer auch im Volksinteresse gemeinte Zugeständnisse durchzusetzen, war recht und gut, und zwar um so mehr das einzige richtige Mittel, als dadurch das Band zwischen den einzelnen Länder= teilen fester angezogen wurde. Die Bewegungen aber, die man im Mittelpunkte der Monarchie verbreitete, um der Un= schlüssigkeit der Regierung einen Anstoß zu geben, diese waren es, die ich unvorsichtig und zugleich kindisch genannt habe.“

„Ich muß hier eine Digression machen. Die ersten Re= volutionen des neueren Europas, die amerikanische und franzö= sische der neunziger Jahre, gingen mehr oder weniger von einer Notwendigkeit, von einer Gefährdung der materiellen Interessen, von einer Bedrohung der Grundlagen alles Be= stehens aus. Die späteren mit Einschluß der Julirevolution hatten ihren Grund mehr in dem verletzten Selbstgefühl der Nation, ja die allerletzte vielleicht gerade in der Eitelkeit. Alles, was Louis Philipp that und unternahm, hat die Franzosen nicht so empört als der doktrinäre Hochmut seines Ministers, des sonst so vortrefflichen Guizot. Die durch Robot und Zehnten, durch Abgaben und Finanzzustände am meisten getroffenen Klassen trugen ihr Schicksal in Geduld, aber die Gebildeten konnten nicht mehr ertragen als die Böotier von Europa angesehen zu werden, und als die Re= gierung bald nach der französischen Februarrevolution einen offenbar offiziellen Artikel in die Staatszeitung einrücken ließ, in dem nach leicht begreiflicher, aber auch gerechter Mißbilli= gung jener Vorgänge zugleich angekündigt wurde, daß in Oesterreich nichts geändert werden, vielmehr alles beim alten bleiben sollte, ging die Erbitterung des Publikums, das seine Wünsche mißachtet und sich selbst gewissermaßen verspottet fand, über alle Grenzen.“

„Zu dieſem verletzten Selbſtgefühl geſellte ſich auch die
Eitelkeit. Um nicht von denjenigen zu ſprechen, die bei einer
Volksbewegung oder in einem dadurch herbeigeführten Zu=
ſtande eine Rolle zu ſpielen hofften, war das Streben nach
Freiheit ſo ſehr als Geiſt der Zeit anerkannt, daß alle Ge=
bildeten ſich nur dann dieſes Namens wert erſchienen, wenn
ſie in den allgemeinen Chorus miteinſtimmten. Es iſt über=
haupt gar ſüß, ſich dadurch aus ſeiner perſönlichen Unbe=
deutendheit herauszuheben, daß man ſich einer für erleuchtet
geltenden Meinung anſchließt und einer Richtung folgt, an
deren Spitze die ausgezeichneten Männer des Jahrhunderts
ſtehen. Daß in der vorderſten Reihe ſich die (s. v. v.) Schrift=
ſteller befanden, verſteht ſich von ſelbſt.“

„Was dieſe am meiſten bedrückte, die Cenſur, beſtand
dem Grundſatze nach in derſelben Strenge, wie unter Kaiſer
Franz; die Praxis aber war freilich größtenteils nur wegen
der Unausführbarkeit unendlich milder geworden. Was die
Lektüre fremder verbotener Schriften betraf, ſo war der Um=
lauf derſelben, und zwar der gefährlichſten am meiſten, ſo
allgemein als irgendwo in der Welt. Ich habe ſelbſt einen
Fiaker auf dem Kutſcherbocke ‚Oeſterreichs Zukunft‘ leſen
geſehen. Die Preſſe im Inlande wurde freilich auf jede Art
überwacht. Aber einerſeits gefiel ſich Fürſt Metternich darin,
von Zeit zu Zeit Beweiſe ſeines liberalen Sinnes zu geben,
und Männer von europäiſchem Rufe, wie Hofrat Hammer,
oder Schriftſteller, die Zutritt in die Geſellſchaft des Fürſten
hatten, konnten ſo ziemlich drucken laſſen, was ſie wollten.
Anderſeits drückte man gar zu gern die Augen zu, wenn
Oeſterreicher, namentlich Dichter von einigem Ruf, ihre Werke
im Auslande verlegen ließen. Sie brauchten dabei nur als
öffentliches Geheimnis ihren Namen um eine Silbe zu ver=
kürzen oder einen falſchen anzunehmen, um kaum befragt,
am wenigſten aber angefochten zu werden. Ja, die Gewalt=

träger fühlten vielleicht sogar eine geheime Freude, daß ihre, wie sie glaubten, notgedrungene Strenge der Entwickelung der ausgezeichneten Litteratur denn doch nicht hindernd im Wege stehe. Eigentlich politische Schriftsteller konnten freilich auf weniger Nachsicht zählen."

„Wenn nun auf die oben angedeutete Art für die aus= gezeichneten Männer der Litteratur gesorgt war, so fand sich eine andere Klasse dafür in der äußersten Bedrängnis, die unbedeutende nämlich, die als solche keine Verleger im Aus= lande finden konnte. In gleicher Lage befanden sich die dramatischen Dichter, die bei ihren Hervorbringungen haupt= sächlich die Wiener Bühnen im Auge hatten, und denen die Gelegenheit entging, durch politische Anspielung und ein ungewaschenes Maul die organischen Mängel ihres Talents zu ersetzen. Damit man nun nicht zweifeln konnte, woher der Wind eigentlich wehe, machten die Agitationen gegen die Censur den Anfang der ganzen Bewegung."

„Da ich denn doch meine Erinnerungen niederschreibe, und der Vorgang ein Licht auf die meist Beteiligten wirft, will ich denn doch meinen Anteil an jenen litterarischen Agi= tationen hierhersetzen und muß daher um einige Jahre zurück= gehen."

„Es erschienen einige Schriftsteller bei mir, die mich auf= forderten, an einer gemeinschaftlichen Bittschrift um Milderung der Preßgesetze teilzunehmen. Ich weigerte mich anfangs, da ich bei der bekannten Scheu der Regierung vor Associationen im voraus überzeugt war, daß dadurch die Sache nur schlimmer gemacht werden könnte, und das, was viele der andern bei vielleicht gleicher Ueberzeugung lockte, in den deutschen Journalen als Vorkämpfer des Liberalismus gelob= hudelt zu werden, mich keineswegs anzog. Da man jedoch weiter in mich drang, und ich weder den Anschein der Teil= nahmslosigkeit oder gar der Wohldienerei auf mich laden

wollte, willigte ich endlich ein. Es wurde in den Schrift-
stellerversammlungen im Hause des Hofrats Hammer eine
Bittschrift verfaßt, geändert, angenommen und endlich der
Tag zur Unterzeichnung festgesetzt."

„Die Versammlung reihte sich in einem mehrfachen Kreise
um das Sofa, auf dem in der Mitte als Hausherr Hofrat
Hammer saß, ihm zu beiden Seiten Professor Endlicher und
ich. Als es zur Unterschrift kam, beeilte sich Hofrat Hammer
der erste zu unterzeichnen, darauf folgte Professor Endlicher,
diesem ich als dritter und sobann in bunter Reihe alle Anwesenden."

„Die Bittschrift wurde dem Fürsten Metternich überreicht
und hatte die Folge, wie vorauszusehen war. Der Fürst in
großmännischer Heuchelei erklärte, daß dieses Gesuch seine
besten Absichten durchkreuze. Man sei eben daran gewesen,
eine Milderung der Preßgesetze eintreten zu lassen, aber das
gemeinschaftliche Gesuch als ein von den Gesetzen verpönter
Schritt mache vorderhand jede Aenderung unmöglich, und
es bleibe somit beim alten."

„Die Unterzeichner der Bittschrift, die, nebenher gesagt,
über das Mißlingen gar nicht so bestürzt waren, als bei ihrem
Feuereifer vorauszusetzen war, so daß man wohl merkte, sie
seien von der Fruchtlosigkeit ihres Schrittes im voraus überzeugt gewesen, hatten nun nichts Eiligeres zu thun, als das
Gesuch mit den Namen der Unterzeichner in auswärtigen
Blättern abdrucken zu lassen, um doch wenigstens der zweiten
Hälfte ihres Wunsches, als Vorkämpfer der Freiheit zu gelten,
nicht auch verlustig zu gehen."

„Da bemerkte nun ich zu meinem Erstaunen, daß ich in
der Reihe der Unterzeichner der erste stand, indes ich mir
bewußt war, der dritte unterschrieben zu haben. Ich erkundigte
mich und erfuhr, daß Hofrat Hammer und Professor Endlicher
ihre voranstehenden Namen durch einen Kunstradierer aus-

rabieren laſſen unb ſich in bie Mitte bes Haufens eingeſchrieben hatten, ſo daß ich, ber allein ben Schritt mißbilligt, nun als Räbelsführer an ber Spitze ſtanb. Mir war bies ziemlich gleichgültig, aber, wie es ſcheint, ben beiben Herren nicht."

„Wie ſehr bas Bebauern bes Fürſten Metternich bei ſeinem ablehnenben Beſcheibe reine Heuchelei war, zeigte eine balb barauf erſcheinenbe Schrift von einem ſeiner Vertrauten, bem Baron Clemens Hügel, in ber gerabezu eine Verſchärfung ber Maßregeln gegen bie Preſſe als unbebingt notwenbig bargeſtellt wurbe."

„Da ber Verfaſſer, wie geſagt, ein Vertrauter bes Fürſten Metternich war, unb bie Schrift vor ber Veröffentlichung gewiß bem Fürſten vorgelegt unb von ihm gebilligt wurbe, ſo mußte bie barin ausgeſprochene Meinung notwenbig als bie bes Staatskanzlers gelten, unb bie Inbignation bes Publikums ſtieg aufs höchſte. Bauernfelb ſchrieb gegen bieſe Broſchüre, unb je berber, je gröber bieſe Abfertigung war, um ſo größer war ihre Wirkung. Die Sache ging ins Tages= geſpräch über. Ueberhaupt hat bie Eitelkeit Metternichs ſo viel geſchabet als ſein Hochmut. Die Gewaltherrſchaft muß in Rußlanb, wie in Oeſterreich unter Kaiſer Franz als ein Faktum, als eine keines Erweiſes bebürftige Notwenbigkeit baſtehen; von bem Augenblicke, als ſie ſich verteibigt, hat ſie ſich zu Grunbe gerichtet."

„Bauernfelb, ber Verfaſſer ber Streitſchrift gegen Baron Hügel, hatte ſeit längerer Zeit angefangen, eine politiſche Rolle zu ſpielen, unb ich kann nicht vermeiben, von ihm zu reben."

„Er trat in bie Litteratur halb als Goethianer, halb als Tieckianer ein. Sein unvergleichliches Talent für bas Einzelne wurbe burch bas Fließenbe ſeiner Natur in Bezug auf ein Ganzes ſehr in Schatten geſtellt. Nichtsbeſtoweniger hatten ſeine erſten bramatiſchen Hervorbringungen noch immer

viel Organisches. Sein erstes und vielleicht bestes Stück ging
so ziemlich spurlos vorüber, weil bei Bauernfelds Armut an
Erfindung das nicht amüsierte Publikum über die Miniatur=
welt von Empfindungspointen und Charakterzügen noch hin=
wegtölpelte. Ein zweites, noch immer im Zusammenhange ge=
dachtes, gelang besser. Bei einem späteren habe ich ihn sogar
genötigt, einen dritten Akt hinzuzuschreiben, da er bei dem
zweiten geradezu aufhören wollte. Bauernfeld besaß Verstand
und litterarische Rechtschaffenheit genug, um diesem Gebrechen
seines Talentes entgegen zu arbeiten. Es zeigte sich aber bald,
daß, wenn er sich einen leitenden Gedanken vorsetzte, das
Einzelne kalt und steif geriet, indes er nur auf gut Glück in
den Tag hinein schreiben durfte, um alle Teile sprühend von
Leben und Interesse zu gestalten. Während er noch so mit
sich selber im Kampfe war, tauchte das sogenannte junge
Deutschland auf. Nun war der Würfel geworfen. Alles
sagen zu können, was einem in den Mund kam, an Ordnung
und Folge nicht gebunden zu sein, das war alles, was er
verlangte, und er gab sich von da an einem dissoluten Wesen
hin, dessen Hintergrund doch immer eine Art Verzweiflung
an sich selbst bildete, wie einer sich dem Trunke ergibt, um
dem Gedanken an das Zugrundegehen seines Hausstandes
zu entfliehen. Um aber alles zu sagen, was einem in den
Mund kommt, muß man es vor allem auch sagen können,
und er war von da an der Wütendste unter den Gegnern
der Censur. Ja, als in der Folge in Deutschland die poli=
tische Poesie an die Tagesordnung kam, und Bauernfeld merkte,
daß die politischen Anspielungen dem Publikum die will=
kommensten waren, geriet er aus der litterarischen Agitation
von selbst in die politische, ein Feld, das ihm bis dahin ganz
fremd war. Ich glaube wenigstens nicht, daß er vor seinem
dreißigsten Jahre eine politische Zeitung überhaupt nur gelesen
hat. Dieser psychologisch bedingte Hergang blieb übrigens für

Bauernfeld ein Geheimnis, denn er war von Hause aus ein rechtschaffener Mensch, und die Lust an der Unruhe jeder Art, die ihm angeboren ist, hat ihn wohl selbst über den Zusammenhang getäuscht."

"Uebrigens ging ihm viel hin, was man andern sehr übel genommen hätte. Der allerhöchste Hof liebte nämlich im Theater — zu lachen, und da ihm Bauernfeld dazu Gelegenheit gab, gefiel man sich darin, ihn für einen polternden Sprudelkopf zu halten, dessen Reden ohne Konsequenz seien. Durch seinen Freund Baumann war Bauernfeld mit dem Minister Kollowrat in Verbindung gekommen, der in Opposition mit dem Fürsten Metternich den Liberalen spielte und Bauernfelds unzusammenhängende Ausbrüche mit Wohlgefallen anhörte, um so mehr, als dessen anfeindender Grimm sich besonders gegen seinen Vorgesetzten, den Finanzpräsidenten Baron Kübeck, wendete, den Kollowrat gleichfalls haßte, und kurzsichtig genug war, nur seinen persönlichen Feind verspottet zu glauben, wo Bauernfeld das ganze System, seinen hohen Gönner mit eingeschlossen, im Auge hatte."

"Weit entfernt sei es von mir, hier Bauernfeld entschuldigen zu wollen. Obgleich bei seiner Verbindung mit Graf Kollowrat er vielleicht an den späteren Ereignissen mehr Anteil hatte, als ich weiß und vielleicht jemals jemand erfahren wird. Er hat in vollkommener Unschuld gehandelt, nur von einer ihm angeborenen zappelnden Unruhe getrieben. So wie es ihm als Dichter an Erfindung fehlte, fehlte es ihm als Mensch in dem höheren Bereich an Gedanken. Er hat immer nur mit fremden gerasselt. An den Modeworten zu zweifeln, fiel ihm gar nicht ein, sowie es ihm nicht in den Sinn kam, daß aus den angezettelten Verwickelungen etwas Uebles entstehen könne. Als das Uebles später eintrat, hat er sich allerdings auf eine grauenhafte Weise dagegen verhärtet, wie später vorkommen wird. Da war aber schon ein Grab von

körperlicher Verrücktheit eingetreten, der ihn unter so viel
Aufregungen befiel und selbst heute ihn nicht ganz verlassen
hat. Nicht zu leugnen ist übrigens, daß schon seit längerer
Zeit seine liebenswürdige Gutmütigkeit einer halbkünstlichen
Unverschämtheit Platz gemacht hatte, die mich allmählich immer
mehr von ihm entfernte."

„Ich muß wieder auf Bauernfeld zurückkommen, obwohl
ich fühle, daß ich ihm dadurch mehr Bedeutung beilege, als
er hatte. Er glich eben dem Winde und den Vögeln, die
den Samen von einer Insel zur andern übertragen. So wie
er in den höheren Regionen mit Graf Kollowrat, war er,
nur auf eine unendlich innigere Art und seit der Jugendzeit,
mit Baron Doblhof, dem Verfechter der niederösterreichischen
Stände und ehemaligen Minister, in Verbindung. Er wohnte
bei ihm und war sein Freund und Vertrauter. Doblhof hat
zwar wiederholt gegen mich seine Mißbilligung von Bauern=
felds Uebertreibungen zu erkennen gegeben, nichtsdestoweniger
hatte dieser vielen Einfluß auf ihn — schon aus Achtung
für Bauernfelds damals bereits oberflächlich gewordenen gut=
mütigen Charakter und für dessen unbestrittenes Talent. Die
Machinationen der Landstände waren bereits in vollem Gange,
es sollten aber auch sonst die Gemüter präpariert werden.
Man verfiel darauf, Abendgesellschaften bei Baron Doblhof
zu veranstalten, in denen politische, aber auch litterarische
Gegenstände besprochen werden sollten, in der ostensibeln Ab=
sicht, der wirklich gar zu insipiden Wiener Konversation eine
bessere Richtung zu geben. Ich wurde auch dazu geladen,
und da die meisten Gäste meine näheren Bekannten waren,
ging ich einigemale hin. Die Unterhaltung wollte aber in
keinen rechten Gang kommen, aus dem einfachen Grunde,
weil niemand etwas Besonderes zu sagen wußte. Unter den
Anwesenden, die alle später politische Rollen gespielt haben,
ist mir nur der ältere Baron Stift aufgefallen, der gut sprach,

weil er offenbar konsequent dachte, und Graf Thun, der heutige Kultusminister. Letzterer weniger durch das, was er sagte, als durch das sichtbare Bestreben, die von andern vorgebrachten Phrasen auf eine präcise Geltung zu bringen. Mit letzterem bin ich ein Jahr später (1847) auf dem Linzer Dampfschiffe wieder zusammen gekommen. Ich erinnere mich, ihm damals gesagt zu haben, daß er mir ganz zu einem Deputierten auf einem Reichstage gemacht scheine, wobei wir beide keine Ahnung hatten, daß ein Reichstag uns so nahe bevorstand. Ueberhaupt scheint Graf Thun ein vortrefflicher Mensch, dem auch die Gemütsseite nicht mangelt, welche letztere ihn übrigens auch Vorurteilen zugänglich macht. So hat er früher schon in einer böhmisch geschriebenen Broschüre die czechische Nationalität in Schutz genommen, welche Nationalität nur den Fehler hat, daß sie keine ist, sowie die Czechen keine Nation sind, sondern ein Volksstamm und ihre Sprache nicht mehr und nicht weniger als ein Dialekt. Auch ultramontane Ueberzeugungen scheinen dem vortrefflichen Manne nicht fremd zu sein."

„Die Gesellschaft bei Doblhof bestand teils aus niederösterreichischen Landständen, die von dem litterarischen Teile der Unterhaltung nicht sehr erbaut schienen, teils aus Mitgliedern des politisch-juridischen Lesevereins, letztere von den Riesenfortschritten der Welt und besonders Deutschlands in den letzten zwanzig Jahren innigst überzeugt und ihrer Ueberzeugung durch bereits vorgefundene Phrasen Luft machend."

„Dieser juridisch-politische Leseverein war vor kurzem durch junge strebende Männer aus den beiden genannten Fächern gegründet worden. Graf Sedlnitzky, dem wenigstens die Nase des Spürhundes nicht fehlte, wollte durchaus seine Einwilligung nicht geben. Aber der überzuckerte Graf Kollowrat und selbst Fürst Metternich, der, wie schon bemerkt, es liebte, von Zeit zu Zeit Beweise seines liberalen Sinnes in die

Welt zu senden, der allenfalls den Barrabas freigab, um
Christus kreuzigen zu können — nahmen sich der Sache an,
und diese Pulvermühle für eine künftige Explosion wurde
gegründet."

„Da ich wohl fühle, aus aller Folge herausgekommen
zu sein, und eben von den Liberalitäts=Paroxysmen des Fürsten
Metternich die Rede ist, will ich die Entstehung der Wiener
Akademie der Wissenschaften hierhersetzen, und zwar um so
mehr, als sie gerade in diese Zeit fällt, und ich in gegen=
wärtigen Aufzeichnungen keinen andern Ort für sie weiß.
Diese Akademie der Wissenschaften ist eigentlich von den gali=
zischen Bauern gegründet worden. Damit verhielt es sich so:
Baron Hammer hatte, wahrscheinlich aus Eitelkeit, Präsident
einer Akademie zu heißen, seit langem alles in Bewegung
gesetzt, um eine solche in Wien zustande zu bringen. Man
war jedoch seit lange gewohnt, auf die Einfälle des verdienst=
vollen, aber unbesonnenen und turbulenten Mannes keine
Rücksicht zu nehmen. Ungefähr um diese Zeit griff Professor
Endlicher die Sache auf. Als ein verständiger Mann, der
er war, änderte er jedoch den Gedanken dahin, daß er statt
einer Akademie, wozu alle Elemente fehlten, eine vom Staat
unterstützte Privatgesellschaft für gemeinsame litterarische Ar=
beiten gründen wollte. Bei einer zu diesem Zwecke gehaltenen
Versammlung, zu der man aus jedem Fache einen und aus
dem schönwissenschaftlichen mich zuzog, konnte man aus der
Natur der Flügelmänner das Maß der künftigen Kompanie
mit Grauen wahrnehmen. Ich suchte anfangs mich und
überhaupt alle Dichter, als nicht in eine solche Gesellschaft
gehörig, auszuschließen, um so mehr als meine poetischen Neben=
männer: Baron Zedlitz, Baron Münch und allenfalls der
Erzbischof Pyrker sich in einer Stellung zum Hofe befanden,
daß ein Anschluß zu etwas, was dem Hofe mißfällig war,
bei ihnen gar nicht vorausgesetzt werden konnte. Die Gesell=

schaft war anderer Meinung, und ich fügte mich. Das ge=
meinschaftliche Gesuch war übergeben und es war nicht mehr
die Rede davon. Da entstand der Aufstand in Galizien.
Die treu gebliebenen Bauern mordeten, sengten, wüteten,
offenbar von den Lokalbehörden unterstützt, welche letzteren des=
halb gar nicht zu tadeln sind, da die Staatsgewalten alle
Vorsichtsmaßregeln versäumt hatten und die bedrohten Land=
beamten ihren einzigen Schutz in den gegen die Gutsherrn
wütenden Bauern fanden. Ein Schrei des Entsetzens über
diese Greuelscenen ging durch ganz Europa. Da fällt auf
einmal wie vom Himmel herunter die Stiftung der Akademie
der Wissenschaften. Fürst Metternich wollte eben der öffent=
lichen Meinung eine andere Richtung geben, dem Brand=
schaden des Staates ein liberales Pflaster auflegen, und dazu
war ein solch wissenschaftliches Zugeständnis wie gemacht."

„In diesen widersprechenden Richtungen bewegte sich der
österreichische Staat, als die Februarrevolution in Paris aus=
brach. Ohne sie wäre in Oesterreich, ja vielleicht in ganz Deutsch=
land trotz des albernen Kokettierens von seiten des Königs
von Preußen die Entwickelung auf wer weiß wie lange hin=
ausgeschoben geblieben, nun hatte man aber ein Muster der
Nachahmung, und man ging ans Werk. In Wien waren
es die niederösterreichischen Landstände (siehe Baron Doblhofs
Abendgesellschaften), der juridisch=politische Leseverein und
sämtliche schlechte Schriftsteller, die das aktive Kontingent
stellen sollten. Eine Straßendemonstration bei Gelegenheit des
bevorstehenden niederösterreichischen Landtages ward abgekartet
und dabei die Studenten an die Spitze gestellt, weil sie als
alberne Jungen allein bereit waren, ihre Pfoten für die
brennend heißen Kastanien herzuleihen. Die Sache wurde
auf der Straße besprochen, jedermann wußte es. Tag und
Stunde war bestimmt. Ich erinnere mich, mehreren der Ver=
schworenen, die ich alle mehr oder weniger kannte, geradezu

ins Gesicht gelacht zu haben. Glaubt ihr denn, die Behörden werden es zu einer Demonstration kommen lassen? sagte ich ihnen. Diese brauchten nämlich nur den Landtag hinauszuschieben, oder den Vätern der hitzigsten Studenten den Rat zu geben, ihre Buben zur Zeit aufs Land zu schicken, und in der Zwischenzeit einige Bereitwilligkeit zu Reformen blicken zu lassen (welch letzteres auch wirklich, aber zu spät in einem am 12. März erlassenen höchsten Handschreiben geschah), um alle Vorbereitungen abortieren zu machen. Das Nichtvorauszusetzende trat aber wirklich ein. Es wurden keine Hindernisse in den Weg gelegt, und der Krawall des 13. März fand statt.''

„Für diese Unterlassung der Behörden gibt es nur eine Erklärung: daß den beiden Parteien, die sich in die höchste Gewalt teilten, ein solches Ereignis nicht unwillkommen war, das sie beide für ihre Zwecke auszubeuten gedachten. Die Hofpartei wollte den Fürsten Metternich stürzen, dieser aber den Erzherzog Ludwig einschüchtern und — was ich nicht weiß — entweder zu Konzessionen stimmen oder zu vermehrter Strenge veranlassen. Man hoffte, das Ereignis in der Hand zu behalten, und wie gefährlich jeder Funke ist in einer Zeit, wo alle Straßen mit Schießpulver bestreut sind, daran dachte niemand. Vielleicht hat sich der jetzige Minister Bach von allen Märzleuten nur darum in der höchsten Gunst erhalten, weil er damals der entrepreneur des révolutions im Auftrage gewisser Hofpersonen war.''

„Am Morgen des verhängnisvollen 13. März, oder vielmehr gegen Mittag, ging ich aus meiner Wohnung, um zu sehen, ob denn von all dem projektierten Unsinn etwas und was allenfalls stattfände. Da die Sache von den Studenten ausgehen sollte, ging ich vor allem auf den Universitätsplatz, den Ort der verabredeten Zusammenkunft. Ich fand ihn nicht allein menschenleer, sondern auch ohne Spuren, daß früher etwas Ungewöhnliches stattgefunden habe. Ich nahm von da den Weg, den ungefähr ein Studentenaufzug bis zum Landhause genommen haben könnte."

„Nirgends eine Spur von etwas Ungewöhnlichem, nicht zwei Menschen, die mit einander sprachen oder auf ein besonderes Ereignis hindeuteten. So kam ich auf die Freiung und ging ein Stück in die Herrengasse hinein. Hier endlich, in der Nähe des Landhauses, sah ich vor demselben etwa 200 bis 250 Menschen zusammengedrängt, die von Zeit zu Zeit einen schwachen Ausruf hören ließen, aber so matt, so erbärmlich, daß ich mich im Namen meiner Landsleute schämte, daß, wenn sie schon krawallen wollten, sie's gar so unscheinbar anfingen."

„Das war um $1/_2$12 Uhr, indes die Geschichte schon um 8 oder 9 Uhr morgens angefangen hatte. Damals noch hätte man den Aufruhr mit zwei Bataillonen Soldaten von beiden Seiten wie einen Taschendieb ‚einführen‘ können, denn auf den nächstgelegenen Plätzen gingen die Leute unbekümmert ihren Geschäften nach, ja in der Herrengasse selbst zeigte sich außer der nächsten Nähe des Landhauses nirgends eine Spur von Teilnahme. Aber nirgends Truppen, nicht einmal die gewöhnliche Polizeiwache. Halb verdrießlich, halb beschämt begab ich mich ins damalige Hofkammerarchiv, dessen Aktensaal die Aussicht auf den Ballplatz gegenüber der Staatskanzlei hatte. Hier hatte ich mich aber kaum zur Arbeit gesetzt, als ein paar Bekannte kamen mit den Worten: Nun sind sie beim Fürsten Metternich. Ich folgte in den Aktensaal und sah in der Mitte des Ballplatzes einen Haufen von 40 bis 50 jungen Leuten. Einer von ihnen auf den Schultern des andern oder auf einem Tische über die andern herausragend und im Begriffe, gegen die Staatskanzlei gewendet, eine Rede zu beginnen. Hier endlich waren Grenabiere in dreifacher Reihe, das Gewehr beim Fuße, an der mir gegenüberliegenden Mauer der Bastei aufgestellt. Der junge

Mann begann seine Rede, von der ich mühsam den Eingang
verstand: Ich heiße N. N. Burian, bin in X. X. in Galizien
geboren, 19 Jahre alt — teils konnte ich den Rest nicht mehr
verstehen, teils fürchtete ich jeden Augenblick, die Grenadiere
würden mit dem Bajonett auf die jungen Leute losgehen und
Verwundungen und sonstige Mißhandlungen vorfallen — ich
verließ daher das Fenster und ging in mein Arbeitszimmer
zurück, dachte aber außer Gefahr für die armen Knaben noch
an nichts Arges. Doch hatte das Ganze einen großen Ein=
druck auf mich gemacht. Die Unbekümmertheit, mit der die
jungen Leute wie Opferlämmer sich hinstellten und von den
Bewaffneten gar keine Notiz nahmen, hatte etwas Großartiges.
Das sind heldenmütige Kinder, sagte ich zu mir selbst. Später
trat endlich die bewaffnete Macht ein. Es wurde auf das
Volk gefeuert. Wer es immer befohlen hat, er hat die
Monarchie an den Rand des Abgrunds gebracht, indem er
die Gassenbüberei zu einer Revolution stempelte. Von da an
war kein Halt, um so mehr als man den Fürsten Metternich
absetzte, der bei allen seinen Fehlern doch noch der einzige
war, der Kopf und Energie gehabt hätte, dem Fortrollen
Maß und Ziel zu setzen. Ein Opfer war notwendig, dazu
wäre aber auch der Polizeipräsident Graf Sedlnitzky hinreichend
gewesen, der allgemein verhaßt und wirklich größtenteils schuld
an allem Uebel war."

„Uebrigens muß ich meinen Landsleuten das Zeugnis
geben, daß sie sich in der ersten Zeit mit einer Liebenswür=
digkeit benommen haben, daß man jeden einzelnen hätte küssen
mögen. Ich fing schon selbst an, meinen Besorgnissen zu
mißtrauen. Mit so gutmütigen Leuten, schien es, könne man
die gefährlichsten Experimente anstellen. Als aber am dritten
Tage die Ungarn kamen und sich von der Gesamtmonarchie
losrissen, und die Menge, die das wußte, ihnen Vivats und
Eljens zurief, da merkte ich, daß die Dummheit oder vielmehr

Unbesonnenheit mit Unwissenheit gepaart gefährlicher ist als
die Schlechtigkeit, und war überzeugt, daß wir verloren seien."

„Uebrigens war es die lustigste Revolution, die man sich
denken kann. Vom schönsten Frühlingswetter begünstigt be=
wegte sich die ganze Population den Tag über auf den
Straßen. In der Nähe der kaiserlichen Burg angekommen,
die indessen mit Militär und Kanonen besetzt worden war,
erhob die Menge ein lautes Jubelgeschrei, so daß die im
Innern Abgeschlossenen jeden Augenblick glaubten, es gehe
an ihr Leben, und alles bewilligten, was einzelne Unver=
schämte, die sich als Deputierte darstellten, nur irgend zu be=
gehren Lust hatten. Ueberhaupt war es Mode geworden, daß
jeder, dem es beliebte, in die Burg Einlaß begehrte, dort in
den Tisch schlug und den Erzherzögen Grobheiten sagte."

„Am ernsthaftesten, aber freilich auch am absurdesten
nahmen es die Studenten, die sich als die Helden der Be=
wegung betrachteten. Da man mit Erteilung der Konstitution
zögerte, wollten sie die Burg stürmen. Sie dachten dabei
weniger an den Sieg als an die Ehre, für die Freiheit zu
sterben. Sie stritten sich um den ersten Platz beim Angriff.
Ich habe mich überzeugt, daß die Jüngeren und Schwächeren
begehrten, vorangestellt zu werden, damit, wenn sie erschossen
wären, die Aelteren und Stärkeren sich auf die Kanonen
werfen könnten, ehe man noch Zeit hätte, wieder zu laden.
Ein nichts weniger als aufgeregter Professor sagte mir: Ich
bin überzeugt, sie nehmen die Burg ein. Endlich erschien das
Versprechen einer Verfassung. Der Kaiser fuhr durch die
Stadt. Jubel, Vivats, Anhänglichkeit, Liebe, Treue wie
überall, und zwar aus reinem Herzen."

„Ich selbst war zur Passivität verdammt; da meine Ueber=
zeugungen in allem das Gegenteil von der allgemeinen Be=
geisterung waren, so fehlte mir jeder Anhaltspunkt der Ver=
ständigung. Ich begrüßte die Freiheit in einem Gedichte an

mein Vaterland, wobei ich es aber nicht an den eindringlich=
sten Warnungen fehlen ließ, besonders vor der Nachahmung
der Albernheiten und Schlechtigkeiten Frankreichs und des
übrigen Deutschlands. Man nahm das Gedicht gut auf, so=
gar die Warnung, ohne aber eine Ahnung zu haben, daß
man einer solchen bedürfe. Hier wäre der Ort, mich über
meinen Mangel an Begeisterung für die Freiheit zu recht=
fertigen. Der Despotismus hat mein Leben, wenigstens mein
litterarisches, zerstört, ich werde daher wohl Sinn für die
Freiheit haben. Aber nebstdem, daß die Bewegung des Jahres
1848 mein Vaterland zu zerstören drohte, das ich bis zum
Kindischen liebte, schien mir auch überhaupt kein Zeitpunkt
für die Freiheit ungünstiger als der damalige. In Deutsch=
land, das immer von Fortschritten träumte, hatte die ganze
Bildung einen solchen Charakter von Unfähigkeit, von Un=
natur, von Uebertreibung und zugleich von Eigendünkel an=
genommen, daß an etwas Vernünftiges und Maßhalten gar
nicht zu denken war, und doch war hundert auf eins zu wetten,
daß die Litteratur, wenigstens anfangs, an der Spitze der Be=
strebungen stehen werde. Ich sage anfangs, weil gerade durch
das Unausführbare ihrer Theorien der im zweiten Gliede stehen=
den Schlechtigkeit Thor und Thür geöffnet werden mußte.
Zur Freiheit gehört vor allem gesunder Verstand und Selbst=
beschränkung, und gerade daran fehlte es in Deutschland. Oester=
reich hatte trotz seiner Censur das Uebergreifen der deutschen
litterarischen Absurditäten nicht verhindern können, und wenn
die Wiener von ‚Aufgehen in Deutschland‘ träumten, so war es
größtenteils, weil sie hofften, das deutsche wissenschaftliche Ge=
bräu mit leichter Mühe und vollen Löffeln in sich hineinschlingen
zu können. Deshalb war ich auch zur Passivität verdammt,
denn hätte ich gesagt: Was ihr für Weisheit haltet, ist Un=
sinn, es hätte mir niemand geglaubt. Vor allem weil ich
alt und der Fortschritt nur in der Jugend beglaubigt war.“

11.

Einen günstigen Eindruck kann dieser Aufsatz wohl nicht machen. Er erinnert zu deutlich an das Spottwort: Wasch mir den Pelz, aber mach mich nicht naß. Ein schlechtes Regiment soll geändert werden, aber man soll beileibe nichts unternehmen, um diese Aenderung herbeizuführen. Die Aenderung muß also vom Himmel herabfallen, denn der scheltende Patriot weiß kein anderes Mittel als: Abwarten! Die Aenderung sei auch gar nicht an der Zeit, sagt er, denn in Deutschland herrsche Ueberbildung und Verbildung.

Ist das nicht ein bei den Haaren herangezerrter, erkünstelter Grund, an den er selbst nicht glaubt?

Voraussetzung und Folgerung ist schief, ist Grillparzers oft krankhaftem Eigensinn entsprungen, welchem ein starker Dichter leicht verfällt. Gerade wie er den Märzaufstand als ein Idyll beschreibt, müßte er sich ja freundlich dazu verhalten — nein! ruft er gegen sich selbst, nein, ich will nicht, justement nicht. Mein Oesterreich verträgt dergleichen durchaus nicht, und deshalb Nein.

In der Besorgnis für Oesterreich hatte er ja recht. Ein aus verschiedenen Völkerschaften zusammengesetzter Staat ist außerordentlich gefährdet bei einem gewaltsamen Regierungswechsel, aber kann denn ein solcher Staat ewig derselbe bleiben, auch wenn er — wie zugestanden wird — versumpft ist? Dies Abwarten Grillparzers mit diesem versumpften Oesterreich brächte ja ein China nach Europa, falls die Nachbarn Oesterreichs dieser Chinabildung immer ruhig zusehen wollten. Ach nein, sie würden an die Teilung Oesterreichs gehen, wie sie an die Teilung der Türkei gegangen sind.

Nein, aus diesem Aufsatze spricht nur die „kindische Liebe" für sein Oesterreich, wie er selbst seine patriotische Sorge nennt, es ist der Ruf der Kinderwärterin, welche ihre Kleinen vor jeder heftigen Wendung behütet sehen will. Kurz gesagt: es spricht aus diesem Aufsatze die Hypochondrie Grillparzers, des verdrossenen Mannes, welchen seine böse Stunde über= fällt. Er wird überrascht von einem großen Wagnisse der Seinen, und da er schon bejahrt und zur Hoffnung nicht mehr befähigt ist, so ruft er erschreckt: Nein! Nein!

Sein Verhalten zu dem befreiten Oesterreich war ja auch später ein ganz anderes, war ein zustimmendes, und als er Reichsrat geworden in diesem Reiche, welches er im Entstehen unmutig abgelehnt hatte, da stimmte er liberal.

Auch hat er ja dies Dokument greller Verstimmung tief in seinem Nachlasse vergraben und nicht an eine Veröffent= lichung desselben gedacht. Sein Zorn gegen die Vorgänge brauchte eine Genugthuung, und er verschaffte sie sich durch scharfes Niederschreiben von Vorwürfen, wie er bei jeder Er= bitterung die Hunderte von Epigrammen zu schreiben pflegte.

Bemerkenswert ist es, daß er immer eine gewisse Nach= sicht, wenn nicht sogar Vorliebe für Metternich zeigt. Zur Zeit des Sappho=Triumphes ist er einmal zu ihm geladen gewesen, und da hat Fürst Metternich einen ganzen Gesang aus Byrons Childe Harold vorgetragen, auswendig vorge= tragen. Vielleicht hat sich damals dem jungen Dichter die Vorstellung eingeprägt, ein so poetischer Staatskanzler müsse doch ein edles Herz besitzen.

Uebrigens entschloß er sich doch schon in den ersten Wochen des Staatsumschwunges, wie er selbst berichtet, ein Gedicht für die Freiheit in die entstehende Donauzeitung zu geben. Da hatte er sich also schon beruhigt über das Wagnis der Märztage, und er beschränkte sich in dem Ge= dichte auf Warnungen vor Ausschweifung der Freiheit.

Diese Warnungen fruchteten bekanntlich nicht, sondern die Völkerschaften trafen alle Anstalten, sich vom Reiche zu trennen, das Reich also aufzulösen. Hiermit war sein ursprünglicher Widerwille bestätigt, und jetzt trat er mit vollem Rechte auf für den gefährdeten Staat Oesterreich; er ließ das Gedicht abdrucken:

> Glück auf, mein Feldherr, führe den Streich!
> Nicht bloß um des Ruhmes Schimmer,
> In deinem Lager ist Oesterreich,
> Wir andern sind einzelne Trümmer.

Mit diesem Gedichte wurde er ein Herold, dessen Stimme in allen Kronländern gehört wurde. Das Gedicht wurde ein großes Ereignis. Radetzky ließ es feierlich seinen Offizieren vorlesen, alle guten Oesterreicher riefen Beifall, alle Gleichgültigen wurden aufgeweckt zu der Erkenntnis, der ganze Staat sei in Lebensgefahr, und es blieb wirkungslos, daß die eingefleischten Umsturzmänner ihn einen schwarzgelben Reaktionär schalten.

Er konnte mit Recht sagen: Ich habe meine Schuldigkeit gethan als patriotischer Dichter — und in Wahrheit, so wurde auch seine dichterische That fast überall angesehen trotz wild aufgeregter Zeit. Er hat selbst damals in der öffentlichen Meinung den Preis gewonnen.

Erschöpft zog er sich mit den Fröhlichs nach Baden zurück und kam erst wieder nach Wien, als die aufrührerischen Zustände beseitigt waren. Und jetzt nahm er seine Wohnung bei den braven Schwestern vier Stiegen hoch in der Spiegelgasse, in welcher er über zwanzig Jahre verblieben ist bis an seinen Tod.

Die Konservativen nannten ihn jetzt den Retter der Monarchie, und sein Verhältnis zu den Machthabern war mit einem Schlage verändert. Bis daher ungnädig an-

gesehen von oben, wurde er nun im letzten Drittteile seines
Lebens ein Begnadigter, welchen man auszeichnete mit Lob
und Orden. Der Ministerpräsident selbst, Fürst Felix
Schwarzenberg, stieg die vier Treppen zu ihm hinauf, um
ihm die Auszeichnung persönlich zu überbringen und ihn
nebenher zu beklagen, daß er so hoch steigen müsse in seine
Wohnung.

Als er weggegangen, sagte Grillparzer lachend: Seine
Excellenz hätte sich die vier Stiegen ersparen können, wenn
man mir in Amt und Gehalt mehr gewährt und mich zur
Zinszahlung für ein besseres Stockwerk ausgerüstet hätte.

Feldmarschall Radetzky schrieb ihm mit eigener Hand
einen Dankesbrief, und als er nach Wien kam, lud er Grillparzer zu einem Bankett, in dessen Verlauf der mächtige
Dichter gepriesen wurde.

Auch die Akademie, welche wirklich entstanden war, that
ihre Schuldigkeit: sie erwählte ihn zum Mitgliede. Wie her-
kömmlich bei ihm sträubte er sich anfangs, die Ernennung
anzunehmen, entschloß sich aber doch dazu und befolgte zu
unserem Vorteile ihr Statut: seine Lebensgeschichte zu schreiben.

Litterarisch hätte er guten Grund gehabt, die Märztage
nochmals zu schelten, denn sie verschlangen in ihrem Lärm
eins seiner schönsten poetischen Werke, die Novelle „Der arme
Spielmann“, ein wahres Meisterstück, wie oben Hanslick dar-
thut. Allerdings konnte es nur von einem musikalisch gebildeten Dichter ausgehen. Sie ist eine Perle unter den
Novellen unserer Litteratur. Der Lärm politischen Streites,
in welchen ihr Erscheinen hineingeriet, konnte es mit sich
bringen, daß sie unbeachtet im Winkel blieb, aber als es
wieder ruhig geworden, entdeckte man sie und widmete ihr
überall die glänzendste Anerkennung.

Sonst noch eine Novelle, „Das Kloster von Sendomir“,
hat er in frühester Zeit geschrieben, aber sie hat keine sonder-

liche Bedeutung. Er hat sie rasch abgefaßt, weil man einen solchen Beitrag gebraucht hat zu einem Almanach.

　Auch die große treffliche Scene „Hannibal" gehört in die unruhige Zeit der Politik, und ist wohl kurz vor den März= tagen geschrieben. Er scheint nicht vorgehabt zu haben, sie auf ein ganzes Stück auszudehnen.

　Still und schweigsam verschwand er fast in seiner kleinen Wohnung, Spiegelgasse Nr. 7 im vierten Stocke. Wer ihn besuchen will und oben rechts anläutet, der erfährt von dem Dienstmädchen der Fröhlichs, daß der Herr dadrüben links wohne. Dort tritt man in ein kleines Gemach, das einzige Fenster geht nach dem Hofe, ein Bücherschrank füllt die Wand gegenüber. Die Bibliothek ist nicht groß, aber auserwählt. Eine Thür führt in das Wohnzimmer Grillparzers. Es ist nicht eben groß und hat zwei Fenster nach der Spiegelgasse. Die Lage ist gegen Abend, es kommt also erst nachmittags die Sonne hinein. Dieses Zimmer umschließt seine ganze Existenz, das Bett, ein Sofa geringer Sorte, ein Klavier, Schreib= und Waschtisch. Die Thür rechts führt in die Zimmer der Fröhlichs, welche den übrigen Teil dieses Stockwerks bewohnen. Sie bringen ihm, wenn er des Morgens aufge= standen ist, den Kaffee, welchen er als ein echter Wiener liebt. Dazu raucht er eine mittelmäßige Cigarre und liest die Zeitung. Er liest sie genau wie ein politischer Mann. Dann kommt ein griechisches Buch und ein Stück von Lope an die Reihe. Nachdem er eine Zeitlang darin gelesen, schaut er auf. Was vornehmen? Wenn ihn nicht eben ein angefangener Plan be= schäftigt, und auch selbst dann geht er zunächst ans Klavier und phantasiert darauf so lange, bis er sich gesammelt fühlt für den Schreibtisch. — Mittags geht er nebenan in den Matschakerhof und speist, einfach aber gut. Dann promeniert er langsam über die Rampe am Albrechtspalais hinauf auf die Bastei. Diese alten Wälle mit der Aussicht auf die

Badener Berge, ja bis zum Schneeberge, der nächsten Alpe, waren ihm sehr wert, und als die Stadterweiterung sie niederriß, beklagte er es sehr. — Am späten Nachmittage wurde gelesen, Kathi las ihm öfters vor, besonders wenn das Buch kleinen Druck hatte und ihm die Augen anstrengte.

Da kam unerwartet eine neue Bewegung in sein still gewordenes Leben. In den ersten fünfziger Jahren nämlich begann im Burgtheater die Wiedererweckung seiner Stücke, welche im Staube der Archive vergessen lagen. Nun wird der alte Herr lebendig angeregt worden sein! Nicht sogleich. Man hat ihn wohl einen „Raunzer" genannt. Nicht mit Unrecht. Raunzer ist ein süddeutsches, vorzugsweise österreichisches Wort, welches ins Hochdeutsche aufgenommen werden sollte, denn das Hochdeutsche hat kein Wort für diesen Begriff. Wer alle Mitteilungen, auch die angenehmsten, zweifelnd aufnimmt und zumeist mit Klagen begrüßt, der ist ein Raunzer. Und Grillparzer hatte immer, auch wenn ihm etwas Gutes verkündigt wurde, zunächst nur das Kopfschütteln und ein gewisses Stöhnen bereit wie ein Mensch, an welchem ja doch das Glück immer vorüber gegangen ist und ewiglich vorüber geht. So schüttelte er auch das Haupt, als man ihm sagte: Hero, die vor zwanzig Jahren abgefallene Hero ist gestern im Burgtheater wieder aufgeführt worden und hat gefallen, hat sehr gefallen. — Ah?! Welcher Zufall hat denn da geholfen? — war seine Frage. — Nein, nicht Zufall, die neue Direktion und die neue Besetzung der Rollen hat diese Auferstehung gebracht; jetzt wird auch das Goldene Vließ neu besetzt und aufgeführt werden. Er verhielt sich schweigend und kopfschüttelnd, und als nach einiger Zeit die Nachricht kam: das Vließ ist bei vollem Hause und unter großem Beifalle an zwei Abenden aufgeführt worden, da rief er: Wunderlich! — Nicht wunderlich, entgegnete man ihm, es ist eine systematische Wiederherstellung, es wird nun Ottokar folgen und dann der treue Diener.

Und so geschah es. Die Stücke wurden alle wieder lebendig, der Dichter wurde einstimmig gefeiert; es war, als ob eine zweite Jugend für ihn anbräche. Zwar sagte er immer noch: Zu spät, es ist zu spät für mich! Aber in Wahrheit machte es ihm doch eine tiefe Freude, und er schrieb auf einen Zettel:

Laube — mein Paladin

Schon tot, wieder lebend geworden
Durch dich, mein tollkühner Sohn —
So nimm den Grillparzer=Orden,
Sonst hast du gar nichts davon.

Um diese Zeit — in den fünfziger Jahren — war er wohl mit neuen Stücken beschäftigt, von denen er keinerlei Mitteilungen machte. Man setzte voraus, daß die Libussa fertig sei, und man flüsterte von einem großen Drama, welches eine Anzahl von Erzherzögen handelnd vorführe. Wenn man ihn aber fragte, ob diese Notiz wahr sei, da lachte er und sagte: Ich soll also ein Stück schreiben, dem das Burgtheater verschlossen bleiben müßte! — Jede nähere Frage wies er ab bis auf das Zugeständnis der Libussa, welches oben erwähnt worden ist. Und als ich ihm das Manuskript zurückbrachte und die Verantwortung für einen Erfolg nicht übernahm, da triumphierte sein Zweifelsinn erst recht. Von einer „Jüdin von Toledo" verlautete nichts; ebensowenig von einer „Esther".

Im Jahre 1859 kam er überraschend noch einmal unter zahlreichen Menschen zum Vorschein. Es war zum Schiller=feste, obwohl er auch mancherlei einzuwenden hatte gegen das Fest. Der politische Sinn, welchen es mit sich brachte, war ihm nicht recht, wie er denn auch gegen die politischen Gedichte jener Zeit, gegen die Herwegh und Genossen durchaus ab=sprechend war. Trotzdem kam er am Abend des 10. November in den Sophiensaal, wo das Schillerbankett gefeiert wurde. Die Pietät für den großen Dichter hatte doch stärker gedrängt als die Scheu vor der Oeffentlichkeit. Alle Welt freute sich seiner Anwesenheit, und Bote auf Bote kam zu mir, in leisen Worten mich auffordernd — er saß neben mir — sein Lebehoch auf der Tribüne auszubringen. Während ich aber nach der Tribüne ging, schlich er geschwind hinaus aus dem Saale, denn er hatte bemerkt, um was es sich handelte, und solch eine öffentliche Feier seiner Person vermied er um jeden Preis.

Aus den zwanzig Jahren von 1850 bis 1870 ist übrigens an äußerlichen Vorgängen nur zu verzeichnen, daß er 1853 die Selbstbiographie schrieb, daß er 1858 mit dem Titel eines Hofrats in Pension trat mit seinem vollen Gehalte und daß er einmal eine kurze Reise nach Hamburg unternommen hat, man weiß nicht zu welchem Zwecke. Den kleinen Wilhelm Bogner hat er da mit sich genommen. Er war sein Liebling, wie er denn überhaupt stets ein Wohlgefallen hegte am Anblicke schöner Knaben. In seinen Reisebeschreibungen finden sich öfters Zeichen dafür. Daß der junge Bursche, der Wilhelm, frühzeitig sterben mußte, war ihm ein schmerzliches Leid.

Aufsehen erregte es, daß er, der Einsiedler, noch einmal bei politischer Veranlassung öffentlich erschien. Er, der politische Zweifler! er war unter Schmerlings Ministerium in den Reichsrat des Herrenhauses berufen worden, und er erschien da eine Zeitlang fleißig und stimmte mit der liberalen centralistischen Partei, denn er war als treuer Oesterreicher streng centralistisch. Als die große Debatte über Abschaffung des Konkordats im Gange war, da machte es einen lebhaften Eindruck, den alten kränklichen Grillparzer am Arme des Anton Auersperg (Anastasius Grün) in den Saal treten zu sehen und gegen das Konkordat stimmen zu hören.

Sein Aeußeres hat sich in seinen letzten zwanzig Jahren,

während welcher ich ihn gekannt, kaum merklich verändert. Er war von hübscher Mittelgröße, mager und schlank, und erst in den letzten Jahren ein wenig im Nacken gebeugt. Das Haupt blieb bedeckt mit grauem Haar; das Auge ungeschwächt in seiner klaren Macht. Stets gestört, wenn man ihn ansprach, und über Unzulänglichkeit der Kräfte klagend, belebte er sich doch allmählich, wenn man einen Gesprächsstoff traf, welcher ihn interessierte. Und dies war eigentlich bei allen Stoffen der Fall, denn er war außerordentlich unterrichtet, und man hörte bald, daß er überall mit seinen Gedanken verweilt hatte. Dann sprach er eingehend und fließend und immer eigentümlich, das Eigentümliche nicht etwa entschuldigend, sondern mit Festigkeit betonend. Ebenfalls eigentümlich verhielt er sich Lobsprüchen gegenüber, welche ihm galten: er machte eine abweisende Handbewegung und suchte sofort ein anderes Thema der Unterredung. War das Lob nicht abzuweisen, weil es öffentlich ausgesprochen worden, so verhielt er sich dazu, wenn man es ihm erzählte, wie ein Mann, der mit jenem Grillparzer nichts zu thun hätte. In seinem letzten Lebensjahre fand eine große Grillparzerfeier statt im überfüllten kolossalen Musikvereinssaale, und ich verkündete unter enthusiastischer Zustimmung des Publikums seinen Ruhm, während er selbst nur um einige Straßen entfernt in seinem Stübchen saß und sich in eine Lektüre vertiefte. So fand ich ihn unmittelbar nach jener Feier und wollte ihm den Hergang derselben erzählen. Da folgte obige Handbewegung, und er reichte mir sein Buch, über den Inhalt desselben eine Bemerkung machend.

Auch in seinen älteren Jahren lockte und trieb ihn, wie jeden Wiener, der Frühling aufs Land. Zunächst war Baden darunter verstanden, wo er jedes Jahr eine Zeitlang wohnte, und die Badener haben ihm auch in ihrem Parke ein Denkmal gesetzt. Außerdem aber wurde immer einen Monat lang

ein entfernter Brunnen oder Badeort aufgesucht. Medizinal=
rath Preyß wählte unter den zahlreichen Mineralquellen
Desterreichs. Auch in ein ungarisches Bad, Slihacs, hat er ihn
einmal geschickt, und Grillparzer, stets eine Kur wünschend,
folgte gehorsam. Da ist ihm denn im Römerbade bei Tüffer,
welches er besonders liebte, das Unglück eines schweren Falles
zugestoßen. Eine Freitreppe hinabgehend, will er rückwärts
an der Wand eine Inschrift lesen, und indem er sich nach
rückwärts wendet, verfehlt er die nächste Stufe und stürzt
kopfüber hinab. Besinnungslos bleibt er liegen, und man
fürchtet das Schlimmste, als man ihn auffindet. Preyß wird
gerufen, und es beginnt eine längere Kur. Der Kopf ist er=
schüttert, das Gehör schwer verletzt, er ist schwer krank. Kathi
und Pepi Fröhlich sind seine Krankenwärterinnen, und es
hat etwas Rührendes, wie diese sonst so schamhaften Mäd=
chen die Pflege eines kranken Mannes durchführen. — Nach
drei Wochen bringt ihn Preyß nach Wien, muß aber zu=
gestehen, daß sein Gehör nicht ganz wiederherzustellen ist.
Dies ist ein harter Schlag für den musikalischen Dichter,
welchem nun seine Freude, die Musik, für immer verschlossen
ist. Er vernimmt nichts von ihr als ein widriges Geräusch.
Dieser Unglücksfall ereignete sich 1863. Er lebte also mit
so schweren Gebrechen noch acht Jahre und fand sich allmählich
geduldiger in die Entbehrung, als man ihm zugetraut hatte.

Abgesehen von der Schwerhörigkeit war sein hohes Alter
frei von Krankheit, und als die achtzig nahten, und die
Existenz in ihrer Regelmäßigkeit nicht wankte, da fragte er
wohl scherzend: Freund Preyß, wie lange wird denn das noch
dauern?

Eines Abends jedoch klagte er über Unbehagen und ging
zeitiger zu Bett. Pepi, die jüngste Fröhlich, ward besorgt
und schlich nachts in sein Zimmer. Sie fand ihn ruhig
schlafend. Dennoch kam sie am Morgen gegen Gewohnheit

zu ihm, um ihm beim Ankleiden behilflich zu sein, was er sich auch gegen Gewohnheit gefallen ließ. Dann brachte sie Kaffee und die Cigarre. Letztere schmeckte ihm nicht recht. Er stand auf und ging zum Lehnsessel am Fenster. Sich setzend, meinte er, noch ein wenig schlummern zu wollen.

Medizinalrath Preyß, welchen die besorgte Pepi hatte rufen lassen, begleitete ihn bis zum Sessel, und da blickte Grillparzer matt aber freundlich zu ihm auf, halblaut sagend: Mein lieber Preyß.

Dies sind seine letzten Worte gewesen. Preyß und Pepi haben sich, entfernt von ihm, auf dem Sofa leise unterhalten, und Pepi hat gefragt, wie denn wohl bei hohem Alter der Tod eintrete. Während Preyß ihr das schildert, springt sie auf und ruft: Da! da geschieht's! Grillparzer nämlich hat einen leisen Seufzer ausgestoßen, und sein Haupt ist auf die Brust gesunken. Sie eilen hin und finden ihn — tot. Die Lebenskraft war aufgezehrt, er hatte unscheinbar aufgehört zu sein.

Was man erzählt von der Verzweiflung Kathis, welche sich schreiend auf den Leichnam geworfen, das ist übertrieben. Sie hatte im Gegenteil eine natürliche Scheu vor Leichen, war aber freilich von Schmerz und Thränen bis zur Ohn= macht erschüttert.

Es folgte ein Begräbnis von unerhörter Teilnahme der Wiener Bevölkerung. Aus der inneren Stadt bis zum Fried= hofe in Währing, eine Stunde Weges hinaus, fuhr der Sarg durch dichte Menschenreihen. Tausende auf Tausende drängten hinzu, den großen Dichter, wie man ihn nannte, begraben zu sehen.

Er starb am 21. Januar 1872, einunbachtzig Jahre alt.

12.

Wenn man gesehen hat, wie dürftig die Geldeinnahmen Grillparzers immer waren, so ist man erstaunt zu hören, daß er noch zu einer Stiftung hat beisteuern können für hervorragende junge Dichter. Und doch ist dem so. Er hinterließ ein kleines Kapital für seine Universalerbin Katharina Fröhlich, und diese verwendete es samt Honoraren und Tantiemen, welche für Schriften und Dramen Grillparzers eingingen, und samt dem Zuschusse alles dessen, was die Schwestern Fröhlich mühsam zusammengespart, für zwei Stiftungen. Die eine war und ist ein Grillparzerpreis, welcher jedes dritte Jahr für das beste Drama — Trauerspiel oder Lustspiel —, welches aufgeführt worden, ausgezahlt wird. Die andere ist ein Fröhlich=preis für aufblühende Talente in Poesie und in Musik. Außer=dem teilten die braven Mädchen noch Legate aus an arme Verwandte Grillparzers.

Außer dieser wahrlich preiswürdigen Bestimmung der Hinterlassenschaft kamen nun auch die Dramen ans Tages=licht, welche er verschlossen gehalten: Libussa, Ein Bruderzwist in Habsburg, Die Jüdin von Toledo und Esther.

Sie sind sämtlich aufgeführt worden. Zuerst im Wiener Stadttheater der Bruderzwist in Habsburg. Dann auch im Burgtheater. Hier wie dort füllten die Vorstellungen eine Zeitlang die Häuser.

Dies historische Drama mit seinem zahlreichen Personal galt für das schwierigste zur Inscenesetzung, und es hat sich am wirksamsten erwiesen. Das Burgtheater hat unrecht ge=than, dies bedeutende Stück aus seinem Repertoire verschwin=den zu lassen.

Es ist eine der wertvollsten Dichtungen Grillparzers, eine historische Tragödie in großem Stile, ausgerüstet mit einem Schatze von Weisheit, Charakteristik und Situationen. Wir haben in unserer Litteratur kaum ein zweites so großartiges historisches Schauspiel. Wallenstein ist populärer durch die hinreißende Sprache Schillers, welche dem alternden Grillparzer fehlt, aber der historische Inhalt ist im Bruderzwiste strenger geführt, man möchte sagen sachgemäßer. Die Schilderung Kaiser Rudolfs ist ein unübertroffenes Meisterstück.

An der Sprache mag man tadeln, daß sich die Gedankenfülle oft ungraziös zusammendrängt, und daß eine Häufung im Satzbau das Verständnis wie den Vortrag erschwert. Aber das behandelte Thema ist dafür auch zumeist so fein und schwierig, daß es in glatter Rede schwerlich zu erschöpfen wäre.

Von den andern drei Dramen hat nur das Fragment „Esther" auf der Bühne Glück gemacht. Libussa hat nur dürftig angesprochen, die Jüdin von Toledo hat nicht gefallen. Libussa und die Jüdin sind nur im Burgtheater aufgeführt, Esther ist auch auf andern Bühnen gegeben worden.

Was Grillparzer in seinen Tagebüchern immer an der Libussa auszusetzen findet, daß nämlich Stoff und Behandlung zu spitz und herzlos geraten, das hat sich bei der Aufführung bestätigt. Man ist deshalb auch in praktischem Theatersinne auf den Gedanken geraten, den letzten tragischen Akt ganz wegzulassen. Dann würde immerhin ein heiteres Schauspiel mit spielender Rätsellösung gewonnen.

Es bleibt nur dann der erste Akt mit den halbgöttlichen Schwestern ein gar zu wunderlicher Luxus. Diese Verkörperung der Mythe versagt im ganzen ihren Reiz und wirkt eben nur wie etwas Wunderliches.

Trotz alledem enthält das Stück auf der Bühne so viel Geist und Talent, daß es den Zuschauer lebhaft beschäftigt, und es sollte im Repertoire einer guten Bühne nicht fehlen.

Anders ist es mit der spanisch angehauchten Jüdin von
Toledo. Sie hat etwas Fremdes und ist wegen ihres ernüch=
ternden letzten Aktes wohl kaum schmackhaft zu machen für das
deutsche Publikum. Die Vorstellung im Burgtheater war freilich
nicht ganz maßgebend, weil eine falsche Besetzung der Titelrolle
dem ganzen Stücke ein schiefes Gesicht andichtete. Die naive,
kapriziöse Rahel wurde von der tragischen Heldin gespielt, und
der ganze intime Charakterreiz war dadurch zerstört. Dieser
Charakterreiz ist aber in Grillparzers Rahel in hohem Grade
vorhanden, und er könnte wohl im Spiele einer passend be=
gabten Schauspielerin das Stück interessant machen.

Das Estherfragment erringt überall durch die große
Scene zwischen dem Könige und Esther lebhaften Beifall.
Erst hinterher entdeckt man, daß kein junges Mädchen, sei es
noch so begabt, die weise Rede Esthers halten kann. Grill=
parzer spricht sie, und dies begegnet ihm zuweilen in seinen
Figuren, daß sie nicht vorsichtig ihrem Charakter gemäß, son=
dern dem Dichter gemäß sprechen.

Die weitläufige Anlage des Hoftreibens im ersten Akte
stellt es außer Zweifel, daß ein größeres Stück beabsichtigt
war, und man hat sich den Kopf zerbrochen, wie denn unge=
fähr die fernere Handlung hätte verlaufen sollen. Eine Wiener
Dame, Frau Littrow=Bischoff, welche in Grillparzers letzten
Lebensjahren ihn fleißig aufgesucht, gibt in einer Broschüre
Auskunft über das, was Grillparzer geäußert habe über die
fehlende Fortsetzung. Nämlich:

Mardochai befiehlt der Esther, ihre jüdische Herkunft ge=
heim zu halten. Das sollte den Knotenpunkt des ganzen
Dramas bilden, in welchem Ideen von Staatsreligion und
Duldung ausgesprochen werden sollten. Nicht die Liebe, son=
dern die Religion sollte den Inhalt dieses Dramas ausmachen.
Esther also verbirgt sorgfältig ihren jüdischen Glauben und
verderbt ihren Charakter bis zur Schlechtigkeit.

Die Enthüllung dieses Planes erlebt das Schicksal, daß ihn niemand glaubt. — Hätte auch der alte Herr — um zu erzählen — dergleichen erzählt, so würde die Ausführung des Stücks wohl gelinder, will sagen, anders geworden sein. Mir persönlich hat er einmal gesagt, daß er den Plan für Esther total vergessen habe.

Uebrigens ist das Büchlein der Frau von Littrow-Bischoff „Aus dem persönlichen Verkehr mit Franz Grillparzer" eine recht ausgiebige Quelle für die Lebens= und Redeweise des Dichters in dessen letzten Lebensjahren. Und es bringt auch — welche Seltenheit! — einen Brief von ihm.

Er schrieb ja äußerst ungern Briefe, und selbst der Brief= wechsel mit Kathi scheint sehr gering der Zahl nach gewesen zu sein. Der Nachlaß enthält einige. Sie sind von auffallender Kürze und Trockenheit. Dasselbe gilt von den Antworten Kathis, welche sich vielleicht dem angestimmten Tone ange= paßt hat. Das Thema der Schamhaftigkeit, so oft von Grillparzer betont, spricht auch in diesen Briefen zwischen Liebesleuten seine Rolle. Nur keine Zärtlichkeit! ist das Motto.

In einem Briefe an Kathi vom 30. Juni spricht er es deutlich aus: „Du beklagst dich, daß meine Briefe nicht herz= lich genug seien. So wie es Leute gibt, die ein ins über= triebene gehendes, körperliches Schamgefühl haben, so wohnt mir ein gewisses Schamgefühl der Empfindung bei, ich mag meinen inneren Menschen nicht nackt zeigen, und die größte Aufgabe für diejenigen, die mit mir umgehen wollen, ist es, dieses Gefühl zu überwinden und mir Herzensergießun= gen möglich zu machen. Dieses Zurückhalten der Aeußerungen der Sensibilität hat zwar allerdings die üble Folge, daß (wie denn alles durch Nichtübung abnimmt) auch die Erregbarkeit des Herzens nach und nach sich schwächt, aber sie bleibt doch immer da, und wer mich zu fassen wüßte, würde sich sehr

wundern, mich früher für kalt gehalten zu haben. Lebe wohl
und grüße Pepi und den Vater. — Grillparzer."

Dieser Brief dagegen aus seiner letzten Lebenszeit an
Frau von Littrow ist weicher und heiterer, als seine früheren
Briefe waren. Er lautet:

„Hochverehrte gnädige Frau! Ich saß betrübt und einsam
in meinem Lehnstuhl. Es hatten mir zwar meine Haus=
fräulein einen kleinen Weihnachtsbaum bereits gespendet —
welcher freilich durch die Liebe und Anhänglichkeit unschätzbar
wurde —, aber das war vorbei, und ich saß wieder da, mir
die trüben Gedanken durch Gedankenlosigkeit vertreibend. Da
wird ein Riesenbaum gebracht, behangen mit allen Gütern
der Welt. Und von wem? Sollte es die Austria sein, deren
Bild wir täglich auf den Banknoten und Bankzetteln ver=
ehren? Oder der Minister, der eingesehen, daß man von
Titeln und Orden nicht fett wird? Ich erblicke einen Brief,
erbreche ihn, Sie sind's."

„Nicht als ob ich nicht so unzählige Beweise Ihrer Teil=
nahme empfangen hätte, aber daß an dem Tage, der den
häuslichen Freuden gewidmet ist, Sie sich meiner erinnert
hatten, das überrascht mich. Haben Sie allein von allen
Oesterreichern ein so langes Gedächtnis, daß Sie sich der Zeit
erinnern, wo ich noch etwas wert war, oder ist es ein so
unbezähmbarer Hang zum Wohlthun und Beglücken, daß Sie
geben und geben, ohne zu fragen wem?"

„So der Baum, nun erst die Früchte; Zuckerwerk, Früchte,
mir keine unbekannten, Theebrot, wie es Goethe zu essen
pflegte, der mitunter etwas Schlechtes schrieb, nie aber etwas
Schlechtes aß. Die Photographie der Wolter, mir höchst wert=
voll, da ich sie nie mit Augen gesehen habe. Ein Kalender,
unentbehrlich, um den Tag zu wissen, an dem man seine
Pension behebt, und mir das Schätzbarste an der Astronomie,
die ich sonst nicht leiden kann, da sie die artigen Sterne, ja

Sonne und Mond zu so unermeßlichen Massen anschwellt, daß mir Hören und Sehen verging."

„Nun noch gar ein Fasan, der, nachdem er aus seinem poetischen Waldleben durch Pulver und Blei in den prosaischen Tod versetzt worden ist, durch Kochen und Braten wieder in idealischen Zustand versetzt werden kann. Kein verächtliches Bild für unser Schicksal nach dem Tode."

„Was soll ich alles nennen? Wem soll ich allen danken? Ihnen, Ihren vortrefflichen Töchtern, Ihrem Gemahl, der den Kalender gemacht hat und nun um meinetwillen einen Fasan weniger zu essen bekommt? Allen! und Gott vergelt's!"

Von sonstigen Kritikern und Mitteilern über Grillparzer haben sich in neuerer Zeit verdient gemacht: Konstant von Wurzbach, trefflicher Herausgeber des biographischen Lexikons des österreichischen Kaisertums, Goedeke, der berufene Textprüfer der Goethe- und Schillerausgaben, Betty Paoli (Grillparzer und seine Werke), Gustav Freytag in „Im neuen Reich", Foglar, Ludwig August Frankl, Wilhelm Scherer in seinen „Vorträgen und Aufsätzen zur Geschichte des geistigen Lebens in Deutschland und Österreich", Muth (Grillparzers Technik), Hans Hopfen in Feuilletons, Emil Kuh, Josef Weilen desgleichen, Otto Prechtler und in neuester Zeit Adalbert Fäulhammer in einem reichlich ausgestatteten Bande „Franz Grillparzer, eine biographische Studie". Es wird darin mit besonderer Ausführlichkeit der litterarische und politische Zustand geschildert, welcher Grillparzer umgab.

Des trefflichen Freundes Rizy muß hierbei schließlich noch einmal gedacht werden, wie in der Einleitung zu dieser Schrift. Er hat nach des Dichters Tode ein „Grillparzer-Album" zusammengestellt, in welchem unbekannt gebliebene

Gedichte Grillparzers gesammelt und mit wertvollen Notizen über die Entstehung derselben ausgestattet sind. Obgleich es nicht sofort in den Buchhandel kam und nur an Freunde verschenkt wurde, hat es doch naturgemäß neuen und tiefen Anteil für den verstorbenen Dichter geweckt und den Kreis seiner Verehrer erweitert.

Langsam ist die Zahl der Anhänger Grillparzers ge= wachsen, und gerade darum hat sich tief und gründlich die Ueberzeugung gefestigt, daß unser Vaterland in Franz Grill= parzer einen vollen Dichter gewonnen hat, einen Dichter, der nicht für den Augenblick blendet, wohl aber für die Dauer erhebt und beglückt.

www.ingramcontent.com/pod-product-compliance
Lightning Source LLC
Chambersburg PA
CBHW022353020726
47500CB00002B/261